Sandy Hall lebt in New Jersey, USA. Nachdem sie am College in einem Schreibkurs für Sachtexte durchgefallen war, hatte sie eigentlich entschieden, nicht Autorin zu werden. Jahrelang arbeitete sie als Bibliothekarin mit dem Schwerpunkt Jugendbuch. Ihr Debütroman ›Klar ist es Liebe‹ wurde auf der größten amerikanischen Internetplattform für Liebesgeschichten von vielen begeisterte Leserinnen zum Favoriten gewählt. Inzwischen widmet sie sich gänzlich dem Schreiben.

Weitere Informationen zum Kinder- und Jugendbuchprogramm der S. Fischer Verlage finden sich auf
www.fischerverlage.de

Sandy Hall

Klar ist es Liebe

Aus dem Amerikanischen
von Maren Illinger

FISCHER Taschenbuch

Erschienen bei FISCHER Kinder- und Jugendtaschenbuch
Frankfurt am Main, September 2019

Die amerikanische Originalausgabe erschien 2014 unter dem Titel
›A Little Something Different‹ bei Swoon Reads,
einem Imprint von Feiwel and Friends, New York, USA

Published by arrangement with Feiwel & Friends
Dieses Werk wurde vermittelt durch die
Literarische Agentur Thomas Schlück GmbH, Garbsen.

Satz: Dörlemann Satz, Lemförde
Druck und Bindung: GGP Media GmbH, Pößneck
Printed in Germany
ISBN 978-3-7335-0124-2

All den lang vergangenen Nachmittagen
in der Hawthorne Library mit Mom,
Tante Jude, Matt, Vikki und Sean gewidmet.

September

Maribel (Leas Mitbewohnerin)

»Ich besorge uns falsche Ausweise«, verkünde ich Lea, als wir an unserem ersten College-Tag über den Campus gehen.

»Was? Das ist illegal!«, ruft sie.

Obwohl wir uns erst seit vier Tagen das Zimmer teilen, überrascht mich ihre Reaktion nicht. Irgendwie scheinen die ersten Tage auf dem College die Leute zusammenzuschweißen, denn es kommt mir so vor, als würde ich Lea schon mein Leben lang kennen.

Und ich kann schon jetzt eindeutig sagen, dass sie eine großartige Mitbewohnerin ist. Ordentlich, höflich, ruhig – aber nicht langweilig.

»Betrachte es nicht als illegal«, sage ich. »Betrachte es als Unterstützung des lokalen Einzelhandels.«

»Du hast eine schräge Weltsicht, Maribel.«

»Trinken macht Spaß!«, entgegne ich und werfe die Hände in die Luft. Ich war ehrlich gesagt erst zweimal in meinem Leben betrunken, einmal auf der Hochzeit meiner Schwester und einmal beim Abschlussball. Trotzdem weiß ich, dass es Spaß macht.

»Ich war noch nie richtig betrunken!«, gesteht Lea und wirft ebenfalls die Hände in die Luft. Aber sie lacht dabei.

»Willst du es denn mal sein?«, frage ich.

»Vielleicht.«

»Ich meine …« Ich verstumme. Wir überqueren die weitläufige Rasenfläche in der Mitte des Campus, und ich will mir einen Moment lang Zeit nehmen, um die Tatsache zu würdigen, dass heute mein erster Tag auf dem College ist.

»Wir sind wirklich hier«, sage ich und schaue mich um.

»Das sind wir«, stimmt sie mir lächelnd zu. »Genießen wir den Augenblick.«

Nachdem wir meinen, den Augenblick gebührend genossen zu haben, fragt sie: »Welchen Kurs hast du jetzt?«

»Europäische Geschichte II.« Ich gebe mir Mühe, meine Stimme so gelangweilt wie möglich klingen zu lassen.

»Dann sind die guten Pointen doch alle schon geplatzt, wenn du je Europäische Geschichte I belegen solltest.«

»Ich werde dran denken. Und was hast du jetzt?«

»Kreatives Schreiben.«

»Wie hast du es denn in den Kurs geschafft? Ich dachte, der wäre nur für höhere Semester«, erkundige ich mich, während wir auf die Englische Fakultät zusteuern.

Lea dreht sich zu mir um, läuft einen Moment rückwärts und rennt geradewegs einen extrem süßen Typen über den Haufen.

»O Gott«, quietscht sie und bückt sich, um ihm beim Aufsammeln seiner Sachen zu helfen. »Das tut mir so leid.«

»Schon okay«, murmelt er. Er ist süß, aber auch echt tollpatschig – er braucht vier Anläufe, um seine Bücher aufzuheben.

»Wirklich?«, fragt Lea.

Er nickt, weicht jedoch ihrem Blick aus.

»Ich würde ungern am ersten Tag zu spät ins Seminar kommen«, sagt sie entschuldigend und sieht erst mich und dann wieder ihn an.

Er geht in die Hocke und stopft die Bücher in seinen Rucksack.

Schließlich schaut er sie doch noch an und bringt eine Art Lächeln zustande. »Alles in Ordnung.«

»Na dann, also gut«, sagt Lea. »Bis später, Maribel.«

Ich nicke und gehe zu meinem Seminarraum. Da bin ich wohl gerade zum ersten Mal in meiner College-Laufbahn Augenzeugin eines romantischen Zwischenfalls geworden. Ich nehme an, hier kommt es ständig zu romantischen Zwischenfällen.

Inga (Leiterin des Seminars Kreatives Schreiben)

Die Leute erwarten immer, dass ihr erster Tag auf dem College kühl und herbstlich ist, dabei ist es in Wahrheit oft der wärmste Tag des Jahres, und die Sonne brennt so heiß wie tausend verdammte George-Foreman-Grills.

Ich stehe vor meiner neuen Seminargruppe und hoffe, dass ich nicht meine hauchdünne Bluse durchschwitze. Als ich heute Morgen aus dem Haus ging, habe ich Pam gefragt, was sie von meinem Outfit hält, und sie meinte, es sei der perfekte »Unsere-kleine-Farm-Look« in sexy. Ich wusste nicht mal, dass so ein Look existiert. Umso stolzer war ich, dass ich ihn offensichtlich getroffen hatte.

Ich setze mich auf die Tischkante und achte darauf, dass mein Minirock nicht allzu weit hochrutscht, dann werfe ich einen Blick auf mein Handy, um nach der Uhrzeit zu sehen. Ich gebe ihnen noch vier Minuten. Es ist der erste Tag des Semesters, und auch wenn die meisten Seminarteilnehmer keine Studienanfänger sind, bezweifle ich, dass sie schon mal so weit unten im Tiefparterre waren. Ich könnte schwören, dass es unterhalb des Meeresspiegels liegt. Im Moment würde ich fast sagen, in der Hölle, aber so langsam macht sich zum Glück die Wirkung der Klimaanlage bemerkbar.

Neunzehn Stühle sind besetzt, siebenundzwanzig Namen stehen auf der Liste. Um ehrlich zu sein, hoffe ich, dass einer von ihnen den Kurs hinschmeißt. Ich hasse es, wenn ich eine ungerade Anzahl an Teilnehmern habe, das gibt nur Probleme, wenn wir Partnerarbeit machen.

Die Tür geht auf, und mein Hiwi kommt herein.

»Hi, Cole«, begrüße ich ihn.

»Hi, Inga. Wo sind wir hier? Zwanzigtausend Meilen unter dem Meer?«, fragt er und zeigt verwirrt um sich.

»Sag du's mir. Ich werde eine Spur aus Erdnussflips von meinem Büro hierher legen müssen.«

»Warum gerade Erdnussflips?«

»Wenn ich schon Essen vergeuden muss, dann wenigstens etwas, das ich nicht sonderlich mag. Ich würde doch keine Pringles verschwenden.«

Die Tür öffnet sich wieder, und Schüler Nummer zwanzig kommt herein. Er sieht ein bisschen abgehetzt aus und ist ganz außer Atem, aber als er bemerkt, dass wir ihn anschauen, lächelt er Cole und mich schüchtern an. Er setzt sich in die Nähe der Tür, neben einen grimmig dreinblickenden Typen und ein Mädchen, das jünger – und nervöser – aussieht als die anderen. Er wirft dem Mädchen einen kurzen verstohlenen Blick zu, und beide werden rot.

Ich schaue wieder nach der Uhrzeit und räuspere mich. Das, was jetzt kommt, liegt mir nicht. Ich unterrichte seit zehn Jahren, aber jedes Semester habe ich das Gefühl, dass ich die Begrüßung total vermassele. Ich versuche immer, viel zu cool zu sein. Ich bin sechsunddreißig, was will ich beweisen?

»Hey, hey, hey!«, sage ich und stöhne innerlich auf. Ich habe offensichtlich zu viele Wiederholungen von *Fat Albert* gesehen. »Dann wollen wir mal loslegen«, füge ich hinzu und klatsche in die Hände.

Immerhin habe ich es dieses Jahr geschafft, auf das Wort »Party« zu verzichten. Letztes Mal habe ich das Seminar doch tatsächlich mit den Worten eröffnet: »Die Party kann beginnen!« Und dann eierte ich mit der Erklärung herum, dass Schreiben tatsächlich eine Party sein kann, weil es so viel Spaß macht, aber dass natürlich kein Alkohol im Spiel ist und dass die Möglichkeiten zum Tanzen in diesem Kurs begrenzt sind.

Die Studenten sehen mich alle aufmerksam an, nur der Grimmige würdigt mich keines Blickes. Er kratzt sich am Ohr und verdreht die Augen. Offensichtlich kein *Fat-Albert*-Fan.

»Ich bin Inga Myerson, und das hier ist Cole … äh, mein Hiwi.« Sein Nachname fällt mir nicht ein, und ich hauche ihm ein tonloses »Sorry« zu. Er zuckt die Schultern und lächelt.

»Und falls Sie sich aus Versehen in die Tiefen von Narnia verirrt haben, dies ist der Kurs ›Kreatives Schreiben‹.«

Ich spule meine übliche Ansprache ab und verteile dabei die Seminarpläne. Ich schalte auf Autopilot und versuche, die beiden Studenten zu orten, die ich dieses Jahr verkuppeln will. Dafür habe ich ein besonderes Händchen. Alles begann, als ich selbst Hiwi bei meiner Lieblingsprofessorin war. Sie sagte einmal zu mir, sie betrachte die Studenten gerne als Geschichten und mache sich einen Spaß daraus, im Laufe des Semesters im Kopf einen Roman über sie zu schreiben. Ich habe das Spiel nur etwas weitergetrieben und einen Liebesroman daraus gemacht.

Zwei Jungs, die ich vor einigen Jahren im Seminar hatte, sind mittlerweile glücklich verheiratet und haben zwei Kinder. Sie sind mein erfolgreichstes Beispiel, aber ich schaffe es jedes Semester, meine beiden Auserwählten immerhin so weit zu bringen, dass sie miteinander flirten.

»Ich gehe jetzt die Anwesenheitsliste durch, damit ich irgendwann mal Ihre Namen kann. Wir werden uns in diesem Kurs ziemlich gut kennenlernen müssen, deswegen möchte ich auch vorschlagen, dass wir uns duzen. Ich hoffe, das ist für alle in Ordnung. Man kann nicht gemeinsam zu Schriftstellern werden, wenn man sich untereinander nicht wenigstens ein bisschen kennt.«

Der grimmige Typ heißt Victor. Das werde ich mir merken.

Das nervös wirkende Mädchen heißt Azalea, aber sie sagt schnell: »Lea reicht auch.« Danach wirkt sie nicht mehr ganz so nervös.

Der Junge, der als Letzter reingekommen ist, heißt Gabe. Er hat eine ruhige Art, die mir gefällt. Allerdings sitzt er so krumm da, dass ich ihn am liebsten ermahnen würde, sich gerade zu halten. Aber das sagt ihm vermutlich schon seine Mutter jedes Mal, wenn sie ihn sieht.

Eins der Mädchen heißt Hillary, und sie ist genauso, wie man sich eine Hillary vorstellt. Zumindest so, wie *ich* mir eine Hillary vorstellte, bevor Hillary Clinton daherkam und all meine Hillary-Vorurteile zunichtemachte, zum Beispiel eine lange Flattermähne und der Akzent einer verwöhnten Südstaaten-Göre. Dieses Mädchen hier rückt mein Hillary-Bild wieder gerade.

Es gibt natürlich noch andere Studenten, aber diese vier stechen am meisten heraus.

Sobald ich mit der Anwesenheitsliste durch bin, gehe ich weiter nach Drehbuch vor.

»Ich habe die Theorie«, beginne ich.

»Dass es ein Dämon ist«, sagt Lea, so leise, dass ich es fast überhört hätte, wenn sie sich nicht schnell die Hand vor den Mund geschlagen hätte. Ich sehe, dass Gabe sie angrinst.

»Ein tanzender Dämon?«, flüstert er.

Darauf sage ich in schönster Rupert-Giles-Manier: »Nein, hier stimmt etwas nicht.«

Niemand sonst kapiert den Scherz, aber das ist der Moment, in dem ich weiß, dass mein Pärchen in diesem Semester Gabe und Lea sein werden.

Der kurze Augenkontakt vorhin war schon nicht schlecht, aber dass die beiden meine unbeabsichtigte Anspielung auf *Buffy – Im Bann der Dämonen* erkannt haben, ist der Beweis, dass sie verwandte Seelen sind. Außerdem macht es mich glücklich, dass die Kids heute noch *Buffy* gucken.

Jetzt muss ich mir nur noch die richtige Einleitung für diese Liebesgeschichte überlegen.

Ich hoffe, Cole ist mit von der Partie. Ich hatte schon Hiwis, die mein kleines Spielchen völlig kalt ließ. Ich werfe ihm einen Blick zu, und er zeigt mir grinsend den erhobenen Daumen. In dem Moment weiß ich, dass wir auf einer Wellenlänge sind.

Bank (auf dem Rasen)

Ich bin die älteste Bank auf diesem Rasen, und niemand zollt mir Respekt.

Ich würde ja gerne behaupten können, dass mein Job seine Vorteile hat. Und manchmal stimmt das auch. Manchmal bekommt man wirklich den perfekten Hintern. Aber leider sind nicht alle Menschen mit einem solchen Exemplar gesegnet.

Der, der gerade auf mir sitzt – das ist die Art, die ich schätze; dieser Allerwerteste darf jederzeit wiederkommen. Und das Beste ist, dass er einer Person zu gehören scheint, die einfach nur *sitzen* will. Kein Geschwätz, kein Gezappel, keine Schmierereien, kein Kaugummikleben. Daran könnte ich mich gewöhnen.

»Gabe«, sagt die Person neben ihm. Dieser Hintern ist mir

weit weniger sympathisch. Er zerstört die Stille, die ich so genossen habe.

»Sam«, sagt der mit dem guten Hintern.

»Du hockst einen Millimeter neben frischer Vogelkacke.«

»Gibt es irgendeinen Grund, warum du hier bist?«

»Mom hat mir Geld gegeben, damit ich dich an deinem ersten Tag zum Essen einlade. Sie macht sich Sorgen, dass du nicht genug isst.«

»Warum macht Mom sich darüber Sorgen?«

Ich stelle mir vor, dass der blöde Hintern dem guten Hintern an dieser Stelle einen bedeutungsvollen Blick zuwirft. Die Folge ist jedenfalls, dass der beste Hintern aller Zeiten aufsteht und davongeht.

Sam (Gabes Bruder)

»Und, wie läuft dein erster Tag?«, frage ich.

Er zuckt die Schultern. Mein Bruder war noch nie ein Freund großer Worte, aber in den vergangenen neun Monaten ist er quasi verstummt.

»Komm schon, du musst mir was erzählen, das ich Mom berichten kann, sonst glaubt sie mir nicht, dass ich mit dir essen war. Sie wird denken, dass ich das Geld versoffen habe oder so.«

»Du kannst mich ja beim Essen fotografieren«, murmelt er.

»Oder du erzählst mir einfach etwas von deinem Tag.« Ich ziehe ihn am Arm, damit er stehenbleibt und mich mal richtig anschaut. »Als dein älterer Bruder gehört es zu meinen Vorrechten, dich zum Reden zu zwingen.«

Er seufzt. »Okay, dann richte ihr aus, dass ich erschöpfter bin, als ich gedacht hätte, aber so ist das halt, wenn man neun Monate lang auf dem Sofa gehockt hat. Ansonsten läuft es richtig gut.«

»Du bist erschöpft?«, bohre ich nach. Gabe gibt nicht so schnell etwas preis. Gabe ist ein Verschweiger. Und der Verschweiger boxt meinen Arm. »Au!«

»Warum fragt sie mich nicht selbst?«

»Weil sie glaubt, dass du sie anlügen würdest.«

»O Mann. Warum reden wir immer noch darüber?«

Als wir vom Rasen auf den Fußweg treten, winkt uns ein Mädchen zu, das auf einer Bank sitzt. Vermutlich eher Gabe, denn ich habe sie noch nie im Leben gesehen.

Er winkt zurück, der Gruß galt also tatsächlich ihm.

»Wer ist das?«

»Nur so ein Mädel«, sagt er.

»Wir sollten sie fragen, ob sie mit uns essen will! Sie sitzt da ganz allein herum.« Ich drehe mich in ihre Richtung, aber er hält mich am Rucksack fest.

»Lass es.«

»Du wirst nie ein Mädchen rumkriegen, wenn du sie immer ignorierst.«

»Ich habe sie nicht ignoriert.«

»Ich glaube, sie redet mit dem Eichhörnchen.«

»Sie ist … speziell.«

»Woher kennst du sie?«

»Sie hat mit mir Kreatives Schreiben.«

»Oh. Ausgezeichnet. Wie war das Seminar?«

Er lächelt. »Eigentlich ziemlich gut. Abgesehen davon, dass ich fast den Raum nicht gefunden hätte, weil ich keine Ahnung hatte, dass es in der Englischen Fakultät einen Keller unterm Keller gibt.«

»Oh, die Seminarräume im Tiefparterre. Ja, ich hatte auch schon das Vergnügen. Sie sind sagenumwoben, nur wenige haben sie mit eigenen Augen gesehen. Ich habe gehört, dass in einem der Toilettenräume da unten Meerjungfrauen leben.«

Es überrascht mich, dass Gabe laut losprustet. Erstens ist der Witz nicht besonders, und zweitens hat er in letzter Zeit ziemlich selten gelacht. Er war einfach nicht er selbst. Ich habe das Mom zu erklären versucht, aber ich glaube nicht, dass sie es versteht. Sie meint, es müsse doch etwas geben, das sie tun kann, aber das Geheimnis ist, es gibt nichts. Gabe muss damit auf seine Weise fertigwerden.

»Die Dozentin scheint jedenfalls cool zu sein, und die anderen Studenten sind auch in Ordnung. Könnte ganz gut werden.«

Als wir uns Charlie's Diner nähern, muss ich einen letzten Kommentar loswerden, obwohl ich weiß, dass er mich dafür hassen wird.

»Du darfst darüber sprechen, weißt du.«

Er verdreht die Augen. »Ich weiß.«

Eichhörnchen!

Da sitzt ein Mädchen und futtert Erdnüsse. Ich liebe Nüsse.

Nüsse, Nüsse, Nüsse.

Und Eicheln.

Ich hüpfe übers Gras und gebe mir Mühe, besonders niedlich auszusehen. Vielleicht habe ich Glück und sie lässt eine fallen. Pech für sie, Glück für mich.

Sie entdeckt mich und lächelt.

Schon halb gewonnen. Hurra!

Sie legt eine Erdnuss auf den Boden, und ich schnappe sie mir.

Dann legt sie eine Nuss neben sich auf die Bank.

Ist das eine Falle?

Ich lasse mir Zeit mit meiner Nuss und beobachte das Mädchen. Hat sie irgendwo ein Netz oder einen Käfig oder eine Tüte versteckt, mit der sie mich fangen will?

Ich beschließe, dass keine Gefahr besteht, und springe auf die Bank.

Sie blickt zwei Jungen nach, die über den Rasen schlendern.

»Meinst du, die beiden sind Brüder?«, fragt sie. »Sie haben die gleichen Augen. Vielleicht sogar die gleiche Nase, das ist von hier aus schwer zu erkennen.«

Ich richte mich auf. Sie spricht mit mir. Mit mir spricht nie jemand. Oh, ich wünschte, ich könnte ihr in Menschensprache antworten.

Stattdessen mampfe ich meine Nuss.

Victor (Teilnehmer im Seminar Kreatives Schreiben)

Ich hasse alles an diesem bescheuerten Kurs. Es ist erst eine Woche des Semesters rum, aber er macht mir bereits das Leben zur Hölle.

Ich hasse die blöden Witze der Dozentin. Ich hasse diese Gruft. Ich hasse die Leute, die in dem Kurs sitzen. Und vor allem hasse ich diese zwei Idioten, die sich jedes Mal ausgerechnet neben mich setzen. Wenn ich die sehe, würde ich mir am liebsten die Augen ausstechen.

Tief einatmen. Ganz ruhig bleiben. Ich muss dieses Semester überstehen. Das Seminar war der einzige Englischkurs, der in meinen Stundenplan gepasst hat, und ich brauche ihn für den Abschluss. Ich will mich nicht nächstes Semester damit herumschlagen, wenn ich mein geniales Praktikum mache.

Aber im Ernst, ich dachte immer, die Leute in meinem Hauptfach wären schrecklich – Computer-Nerds können wirklich nerven –, aber diese Literatur-Freaks hier sind die größten Knalltüten diesseits des Mississippi. Sie halten sich für unglaublich tiefsinnig und bedeutungsvoll. Sind sie aber nicht.

Und wenn der Typ hinter mir noch einmal gegen meinen Stuhl tritt, garantiere ich für nichts mehr. Okay, körperlich bin ich ihm vermutlich unterlegen, aber bei einem geistigen Wettstreit schlage ich ihn locker.

Während ich darüber sinniere, tritt er schon wieder gegen meinen Stuhl, und ich bedenke ihn mit meinem Killerblick. Er setzt sich aufrechter hin, verstaut seine aberwitzig langen Beine unter seinem Tisch und belästigt zur Abwechslung mal die Tussi neben ihm. Besser gesagt, ihren Rucksack. Er tritt dagegen, und alles fällt raus.

Kein Wunder. Er hat die größten Füße aller Zeiten. Immerhin passen sie zu dem abartig langen Hals der Tussi.

Kapiert er nicht, dass er ihr sehr viel effektiver beim Einsammeln ihrer Sachen helfen könnte, wenn er mal den Ellbogen anwinkeln würde? Der Typ ist eine Art Frankensteins Monster, ein Bündel steifer Bewegungen und unbeweglicher Gelenke.

Ich versuche, die beiden auszublenden, während Big Foot Entschuldigungen stottert und die Giraffe zwitschert, das sei doch nicht weiter schlimm.

Wie sich sie hasse.

Wie viele Tage noch, bis das Semester rum ist?

Bob (Busfahrer)

In meinen Bus steigen jeden Tag Hunderte Studenten. Manche von ihnen sind echte Goldschätze, manche totale Idioten und die meisten irgendwo dazwischen. Manche sind auf eine gute Art laut, manche auf eine schlechte. Es gibt immer ein paar, die hervorstechen. Einige, weil sie ein markantes Äußeres haben, andere einfach aus logistischen Gründen, zum Beispiel, weil sie immer an einer komischen Haltestelle aussteigen. Meine Frau Margie liebt es, Geschichten über sie zu hören.

In letzter Zeit sind da zwei, von denen ich ihr besonders viel erzähle, ein Junge und ein Mädchen. Irgendetwas an ihnen ist anders.

Der Junge ist mir aufgefallen, weil er sich so ungeschickt an der Haltestange festhält. Es klingt vielleicht komisch, aber man kann ein echter Experte darin werden, wie man sich am besten an der Stange festhält. So, wie dieser Typ es macht, ist es jedenfalls völlig falsch. Es sieht geradezu schmerzhaft aus. Am liebsten würde ich ihn mal beiseitenehmen und ihm erklären, wie das geht.

Vor ein paar Tagen habe ich begriffen, dass er sich nicht hinsetzt, damit er ab und zu einen Blick auf das Mädchen werfen kann. Er bleibt nämlich auch dann stehen, wenn der Bus beinahe leer ist. Aber er will sich nicht neben sie setzen. Es scheint ihm zu genügen, in ihrer Nähe zu sein.

Das Mädchen ist mir aus einem anderen Grund aufgefallen. Leute, die im Bus lesen, fallen mir immer auf. Ich kann nicht lesen, wenn ich im Bus oder im Auto sitze. Dabei wird mir übel.

Aber sie liest immer. Und er klammert sich immer linkisch an der Stange fest. Und ich sitze hier oben und denke über die beiden nach.

Ich fahre die nächste Haltestelle an, und sie steigen zusammen aus, aber sie reden nicht miteinander. Beide bedanken sich bei mir, sie gehören dieser seltenen Spezies der höflichen Mitmenschen an. Das macht mich froh, und ich denke, dass sie vielleicht mal miteinander reden sollten, aber darauf habe ich wohl leider keinen Einfluss.

Ich sehe ihnen nach, bis sich ihre Wege trennen. Sie geht zum Studentenwohnheim, er zum Studierendenhaus. Und dann ruft einer der kleinen Teufel in der letzten Reihe: »Geht's bald mal weiter?«

Manche Kids sind einfach Flachpfeifen.

Casey (Kumpel von Gabe)

Ich döse vor mich hin, als es an meine Zimmertür klopft. Ich schwöre, wenn das wieder der Neue aus dem Zimmer neben der Küche ist, kann er was erleben. Ich mache nicht das kleinste Geräusch, ich liege quasi reglos im Bett, er kann mir nicht vorwerfen, dass ich Krach mache. Er stellt sich immer an, als wäre ich ein tollwütiger Elch oder so.

Ich rolle mich auf den Bauch und robbe ans Fußende, um die Tür zu öffnen. Das Gute an einem winzigen Zimmer ist, dass man überall drankommt, ohne das Bett zu verlassen. Draußen ist Gabe. Er schaut nach vorn und macht ein verwirrtes Gesicht, weil ihm niemand gegenübersteht.

»Hey, Alter!«, begrüße ich ihn, setze mich auf und öffne die Tür etwas weiter.

»Ach da bist du!«, sagt er lächelnd. Er lässt den Rucksack fallen und setzt sich auf den Schreibtischstuhl. »Ich dachte schon, du hättest irgendeinen komplizierten Öffnungsmechanismus erfunden.«

»Tja, so ein genialer Ingenieur bin ich leider nicht«, erwidere ich.

»Was geht ab?«, fragt er.

»Och, nichts Besonderes. Ich habe gerade ein Nickerchen gemacht.«

»Oh, verdammt. Das tut mir leid. Ich hätte dir eine SMS schreiben sollen, statt hier so reinzuplatzen. Dann lasse ich dich jetzt weiterschlafen«, sagt er und steht auf. So einer ist Gabe. Er hat solche Angst, anderen Leuten auf die Füße zu treten, dass er es nicht bemerkt, wenn die anderen gar nichts dagegen haben. Ich meine, er muss mir nicht wirklich auf die Füße treten, schon gar nicht mit seinen Quadratlatschen, ich will damit nur sagen, ich bin gerne in Gabes Gesellschaft, selbst wenn er mich bei meinem Nickerchen stört.

»Nein! Setz dich.«

Er setzt sich gehorsam, denn so ist er nun mal. Ich habe ihn in meinem ersten Semester kennengelernt, nachdem ich schon ein paar Monate mit seinem Bruder Sam zusammengewohnt hatte, und ich war erstaunt, wie verschieden sie sind. Gabe kam für ein Wochenende zu Besuch, um sich das College anzusehen, und da ich eine Art jüngere Version von Sam erwartet hatte, hätte ich von Gabe nicht überraschter sein können.

Sam ist laut und schamlos, Gabe zurückhaltend und sarkastisch. Aber obwohl er so ein ruhiger Kerl ist, war es ohne ihn plötzlich langweilig. Das habe ich ihm im Laufe des letzten Jahres auch immer wieder gesagt.

Er kaut an seinem Daumennagel.

»Wie läuft's bei dir?«, frage ich und lehne mich an die Wand hinter meinem Bett.

»Ganz gut. Ich hatte gerade Kreatives Schreiben, und da ist dieses Mädchen, das ... mich total fasziniert.« Er grinst.

»Das ist cool, aber das war eigentlich nicht meine Frage.« Ich weiß, dass er über alles reden wird, wenn er bereit dazu ist, und er soll wissen, dass ich dann für ihn da bin.

»Nein, aber ich würde lieber über das Mädchen reden«, sagt er.

»Alles klar, schon in Ordnung«, sage ich. »Dann erzähl mir mal von der Tussi.«

»Sie ist keine Tussi.«

»Okay, dann erzähl mir eben von der Schnitte, der geilen Sau, der Zuckerpuppe.«

»Du bist schrecklich, weißt du das?«

»Ich weiß.«

»Sie ist in meinem Seminar, und sie ist cool, und ich denke die ganze Zeit, dass ich mit ihr reden sollte, weil sie so entspannt drauf ist. Neulich habe ich aus Versehen ihren Rucksack umgeschmissen, und sie hat total nett reagiert.«

»Wie heißt sie?«

»Lea.«

Es ist komisch. Gabe und ich reden normalerweise nicht über Mädchen. Besser gesagt, ich rede über Mädchen, und er nickt und hört zu und wirft mir vor, dass ich in Sachen Mädchen ein Arschloch bin. Erst dachte ich, er wäre vielleicht asexuell oder so. Aber dann habe ich kapiert, dass er so schüchtern ist, dass er einfach nicht weiß, was er mit Mädchen anfangen soll, und sie deshalb ignoriert.

»Wirst du sie ansprechen?«

»Woher weißt du, dass ich es nicht schon längst getan habe? Vielleicht wartet sie draußen in einem Lamborghini auf mich, und wir fahren zusammen in den Sonnenuntergang.«

Ich ziehe die Augenbrauen hoch. »Du und ein Lamborghini? Hat überhaupt noch *irgendwer* einen Lamborghini?«

»Okay, du hast recht«, sagt er und hebt zum Zeichen der Kapitulation die Arme. »Ich habe sie noch nicht angesprochen. Nicht wirklich. Ich habe mich entschuldigt, als ich ihren Rucksack umgeschmissen habe, aber wir haben uns noch nicht richtig unterhalten.«

»Dann solltet ihr das tun.«

»Vielleicht. Aber es könnte doch auch ganz nett sein, sie aus der Ferne anzubeten, mir Geschichten über sie auszudenken, und mir vorzustellen, dass wir zusammen sind.«

»Du meinst, du willst sie stalken?«

»Nenn es, wie du willst«, sagt er ungerührt.

»Hör zu, ich will nicht den großen Bruder spielen, aber ...«, setze ich an.

»Apropos ›großer Bruder‹«, unterbricht er mich und zeichnet dabei Gänsefüßchen in die Luft, »bitte sag ihm nichts von diesem Gespräch. Ich würde Sam da lieber raushalten. Er würde sich nur über mich lustig machen. Oder er würde Mom davon erzählen, und die würde gleich die Hochzeitsblumen bestellen.«

»Okay, aber das wird schwer, immerhin wohnt er auch in diesem Zimmer.«

Gabe starrt Sams leeres Bett an. »Er kommt doch nicht bald nach Hause, oder?«

»Nee, er muss arbeiten oder so.«

»Gut, also, wie lautet dein brüderlicher Rat?«

»Sie sollte zumindest erfahren, dass du existierst und dass du sie magst, wenn du willst, dass da was läuft. Wenn du das nicht willst, ist es egal. Aber du solltest sie lieber nicht stalken.«

»Sehr vernünftig. Danke«, sagt er und wechselt das Thema.

Maxine (Kellnerin in Charlie's Diner)

Die Leute fragen mich immer: »Maxine, wie machen Sie das nur, mit über siebzig noch zu kellnern?« Ich sage ihnen, dass es mich jung hält. Was ich ihnen nicht sage, ist, dass ich schon achtzig bin. In einem College-Städtchen wie diesem sind zu jeder Tages- und Nachtzeit Studenten bei uns, immer sind sie hungrig, und immer rufen sie »Hey, Maxine!«, wenn sie mich sehen. Es ist, als hätte ich eine Million Enkel – nur ohne die Sorgen, die Kinder sonst so mit sich bringen.

Es ist ein schöner, ruhiger Freitagabend Ende September. Der erste Monat des Semesters fliegt dahin. Der erste Monat fliegt immer dahin. Es ist viel los, die ganze Zeit gehen Leute ein und aus. Aber heute Abend ist es ruhig.

An einem der Tische sitzt eine Gruppe Mädchen, an einem anderen eine Gruppe Jungs. Einige der Jungs kenne ich. Sie sind alle im Baseballteam, und manchmal werden sie ein bisschen wild, aber es sind gute Jungen, wohlerzogen. Die Art Jungen, mit denen sich Mädchen wohlfühlen.

Vielleicht muss ich sie nächstes Mal ganz zufällig alle an einen Tisch setzen. Ich habe das in der Vergangenheit schon ein paarmal gemacht, und es hat immer funktioniert. Aber meinem Boss gefällt das nicht. Er meint, ich könne nicht so mit den Reservierungen herumspielen. Dann sage ich zu ihm: »Ach, Schätzchen! Wir sind doch nicht im Buckingham Palace!«

Die jungen Leute sind so höflich, das wärmt mein altes Herz. Sie sagen immer »Bitte« und »Danke«. Und sie nennen mich sogar »Ma'am«, das ist heutzutage wirklich ungewöhnlich. Als ich jung war, war das noch gang und gäbe. Mir wäre nichts anderes in den Sinn gekommen.

Aber ich schweife ab.

Mir fallen besonders die beiden Schnuckelchen auf, die sich die ganze Zeit schöne Augen machen, wenn sie glauben, dass niemand es mitbekommt. Aber sobald der andere den Blick bemerkt, sehen sie weg.

Das ist so goldig, dass ich immer wieder zu ihnen hinsehen muss.

Ich bringe ihnen einen Nachtisch aufs Haus und hoffe, dass sie bald wiederkommen.

Ja, das hoffe ich wirklich.

Danny (guter Freund von Lea)

»Wie sieht's aus, süße Maus?«, flöte ich, nähere mich Lea von hinten und gebe ihr einen Klaps auf den Hintern.

»Danny«, ruft sie, dreht sich um und umarmt mich fest. »Verdammt, hab ich dich vermisst!«

»Warum haben wir Wochen gebraucht, um uns zu treffen?«

»Keine Ahnung.«

Wir steuern die nächstgelegene Bank an und hüten uns vor der Vogelkacke. Wir sind zum Abendessen mit alten Freunden von der Highschool verabredet, aber wir haben noch Zeit. Lea und ich waren auf der Schule zusammen in der Theatergruppe, bevor ich meinen Abschluss machte, und ich habe mich sehr gefreut, als klar war, dass sie auf mein College kommen würde. Wir haben uns in den letzten Jahren gelegentlich getroffen, aber es ist schön, von jetzt an ein bisschen mehr Lea-Zeit zu haben.

»Und, wie ist das Leben?«

»Gut«, sagt sie und grinst breit.

»Du siehst aber schick aus«, sage ich.

»In dem alten Ding?«, fragt sie und streicht sich über die Strickjacke, die sie letztes Jahr mit mir im Schlussverkauf erstanden hat.

Ich lache.

»Was ist mit dir? Wie lebt es sich als alter College-Hase?«, fragt sie.

»Bestens. Aber ich glaube nicht, dass dieses Jahr anders wird als die anderen. Du weißt schon, neues Semester, neue

Kurse und so weiter«, sage ich und lasse den Blick schweifen. »O mein Gott!«, rufe ich und umklammere ihren Arm.

»Was ist? Spinne? Ratte? Kakerlake?«

»Nein«, flüstere ich und beuge mich zu ihr. »Der Mann meiner Träume.« Ich nehme ihren Kopf und drehe ihn in seine Richtung.

»Gabe Cabrera ist der Mann deiner Träume?«, fragt sie.

»O Mann, total. Er ist unglaublich. Eine meiner Mitbewohnerinnen kennt ihn, und wir waren schon öfter auf den gleichen Partys. Einmal hat er richtig heftig mit mir geflirtet«, erkläre ich stolz.

»Wow.«

»Er ist so charmant. Und er ist einer dieser Anschleich-Schwulen. Du weißt nicht, dass er schwul ist, und dann schleicht er sich an dich ran, und – SCHWUL!«

»Ich wusste nicht, dass er schwul ist.«

»Oh, hundertpro«, versichere ich ihr. »Er hat mir schon ein Kompliment für meine Jeans gemacht.«

Sie sieht aus, als müsse sie diese Neuigkeit erst mal verdauen. »Und er hat mit dir geflirtet?«

»Ja, ja, ich bin ein Glückspilz.«

»Das bist du wohl.«

»Komm«, sage ich und ziehe sie hoch.

»Aber wir müssen da lang …«, wendet sie ein und zeigt in die Gegenrichtung.

»Gleich, aber erst sollten wir Gabe eine Weile stalken. Wir haben noch mindestens zwanzig Minuten, bis wir im Restaurant sein müssen.«

»Na gut, dann los.«

Er ist noch nicht weit gekommen. Gerade betritt er den Weg, der vom Rasen zur anderen Seite des Campus führt.

»Erzähl mir was über Gabe«, sagt sie, während wir ihm in sicherem Abstand folgen. »Er ist mit mir in Kreatives Schreiben.«

»Kreatives Schreiben, schweig still, mein Herz!«, sage ich.

»Süß, oder?« Sie hakt sich bei mir unter und drückt sich an mich.

»Absolut. Ich dachte immer, er studiert Sportdidaktik oder so was. Auf jeden Fall ist er im Baseball-Team. Oder vielleicht *war* er im Baseball-Team? Egal. Eine Zeitlang bin ich ihm ständig über den Weg gelaufen, und dann war er letztes Semester plötzlich wie vom Erdboden verschluckt, ich habe ihn fast das ganze Jahr nicht gesehen. Ich hatte schon Angst, dass er seinen Abschluss gemacht oder das College gewechselt hat oder rausgeflogen ist.«

»Nicht so laut«, murmelt sie. »Ich glaube, er kann dich hören.«

Ups, ich sollte wirklich etwas diskreter sein. »Ich werde ganz hibbelig, wenn ich ihn sehe. Ich finde ihn total mysteriös.«

»Tja, er ist wohl den meisten hier ein Mysterium.«

»Das denke ich auch. Ist aber ganz gut so. Wahrscheinlich ist das der einzige Grund, weshalb ich mich noch nicht ernsthaft an ihn rangemacht habe.«

Sie nickt verständnisvoll.

»O Gott, ich habe noch gar nicht gefragt«, rufe ich. Ich wechsele ungern das Thema, aber ich muss sie fragen, bevor ich es wieder vergesse. »Wie ist deine Mitbewohnerin?«

»Super! Sie heißt Maribel. Sie ist echt lustig, aber nicht auf eine nervige Art. Sie hat unglaubliche Haare. Ich will sie die ganze Zeit anfassen.«

»Du hast doch selbst tolle Haare«, sage ich und tätschle ihren kurzen Bob.

»Nicht wie Maribel.«

»Das wollen wir mal sehen.«

»Sie will uns falsche Ausweise besorgen.« Lea kräuselt beim Gedanken daran die Nase.

»Großartige Idee. Dann könnt ihr immer mit mir feiern gehen! Zumindest ab nächstem Monat, wenn ich endlich einundzwanzig werde.«

»Du hast keinen falschen Ausweis?«

Ich zucke die Schultern. »Es war mir den Aufwand nicht wert. In die meisten Clubs kann man schon mit achtzehn, und dass ich nicht trinken darf, ist mir egal. Und da ich im Oktober Geburtstag habe, bin ich sowieso älter als die meisten anderen in meinem Jahrgang.«

Sie lächelt.

»Also, um aufs Thema zurückzukommen, niemand weiß, wo Gabe die ganze Zeit gesteckt hat. Okay, seine Freunde wissen es vermutlich, aber ich stelle mir gerne vor, dass er sich in einem fernen Land um einen todkranken Verwandten gekümmert hat oder etwas ähnlich Romantisches.«

»Ist das nicht der Plot von *10 Dinge, die ich an dir hasse?*«

»Heath Ledger, Gott habe ihn selig«, entgegne ich automatisch. »Ja, klar. Wahrscheinlich war es irgendwas ganz Banales, er konnte die Studiengebühren nicht bezahlen oder er hatte das College gewechselt, aber es hat ihm da nicht gefallen und jetzt ist er wieder hier.«

»Stellen wir uns lieber vor, dass er in einem fernen Land war.«

Ich denke darüber nach. »Aber wenn das der Fall wäre, dann wäre es kein Geheimnis.«

»Woher weißt du, dass es ein Geheimnis ist, und nicht einfach etwas, das du nicht weißt?«

»Weil meine Mitbewohnerin Maureen – die wirst du noch kennenlernen – früher auf seinem Stockwerk im Wohnheim gewohnt hat, und sie kennt Leute, die mit ihm befreundet sind, und die haben immer nur vage Angaben darüber gemacht, wo er war.«

Lea sieht skeptisch aus. »Sie hat seine Freunde gefragt, wo er steckt, und die haben nichts dazu gesagt?«

»Okay, ich weiß nicht, ob Maureen so direkt nachgefragt hat. Aber ich glaube schon …«

»Vielleicht war er ja in der Entzugsklinik«, sagt sie.

»Er scheint mir nicht der Typ zu sein, der Drogen nimmt. Aber wenn er wirklich im Baseballteam war, war er vielleicht auf Anabolika oder so.«

»Oder auf Schmerzmitteln. Oder Hustensaft.«

»Wegen Hustensaft kommst du nicht in die Entzugsklinik.«

»Dir ist schon klar, dass du manchmal ein echter Spielverderber bist und mich viel zu ernst nimmst?«

Ich werfe den Kopf zurück und lache.

»Vielleicht war es Crystal Meth. Oder Sexsucht!«, flüstere ich dramatisch.

»Komm schon, Dan. Wenn er auch nur halb so mysteriös ist, wie du meinst, war er wahrscheinlich bei der Queen in England als Tattoo-Künstler angestellt.«

»Da drängt sich die Frage auf: Was für ein Tattoo würde die Queen sich stechen lassen?«

»Einen Schoßhund mit Krönchen«, kontert sie. »Und was für ein Tattoo würde Gabe sich stechen lassen?«

Er ist jetzt mehrere Blocks vor uns. Wir bewegen uns mittlerweile ungefähr so schnell wie Faultiere und müssen demnächst sowieso zu unserer Verabredung, aber wir können immer noch sein rotes T-Shirt in der Ferne sehen.

»Ein ›Mama‹-Tattoo«, sage ich grinsend.

»O ja, auf dem Oberarm.«

»Definitiv.«

»Bist du wirklich sicher, dass er schwul ist?«, fragt sie und macht ein enttäuschtes Gesicht.

»Ziemlich sicher«, erwidere ich und kratze mich am Kopf. »Mein Schwulenradar könnte mich natürlich täuschen, aber das kommt extrem selten vor.«

Sie lächelt. »Tja, dann ist es wohl unsere Mission, euch zwei zusammenzubringen. Und herauszufinden, was es mit seinem mysteriösen Verschwinden im letzten Semester auf sich hat.«

»Einverstanden.« Ich schüttle ihre Hand, um den Pakt zu besiegeln. Dann machen wir uns auf den Weg zum Taco-Restaurant.

Pam (Ingas Frau)

»Und, wer wird dieses Semester das Traumpaar in deinem Kurs? Die ersten Wochen sind doch schon rum«, erkundige ich mich, als wir uns Freitagabend an den Esstisch setzen. Es kommt selten vor, dass wir gemeinsam essen, aber wenn es vorkommt, dann freitagabends.

»Habe ich es dir noch gar nicht erzählt? Unglaublich!«, sagt Inga, und ihre Augen leuchten auf. »Dieses Mal sind es ein Junge und ein Mädchen, Gabe und Lea. Ich sage dir, sie sind wahnsinnig süß, und das ist noch untertrieben.«

»Das sagst du immer«, erwidere ich, lehne mich zurück und nippe an meinem Wein.

Sie verdreht die Augen. »Sie sind alle süß, aber die beiden sind was Besonderes. Ich glaube, ich hätte sie überall als ideales Paar erkannt, nicht nur in diesem Kurs.«

»Das habe ich auch schon mal gehört.«

»Ich weiß, ich weiß! Aber sie liefern mir großartigen Stoff. Letzte Woche hat sie eine Kurzgeschichte vorgelesen, und er hat förmlich gesabbert.«

»Vielleicht kam er gerade vom Zahnarzt und hatte noch die Spritze intus.«

»Warum musst du dich immer über mich lustig machen?«, fragt sie und wirft mir einen zornigen Blick zu. »Zwischen den beiden wird eine Geschichte laufen. Auf jeden Fall. Die Chemie stimmt einfach, das lässt sich nicht leugnen. Ihnen selbst ist es nicht mal bewusst. Aber ich werde alles tun, damit die zwei ein Paar werden …«

Ich schüttle den Kopf, aber ich kann mir ein Lächeln nicht verkneifen. Meine Süße hat ein Faible dafür, andere zu verkuppeln.

»... oder wenigstens mal miteinander reden«, fügt sie hinzu.

»Das wäre das Mindeste«, bestätige ich neckend. Sie bemerkt es gar nicht und redet weiter.

»Sie sitzen fast immer nebeneinander. Na ja, manchmal sitzt Victor zwischen ihnen«, sagt sie und zieht eine Grimasse.

»Verflucht seist du, Victor!«, sage ich und drohe mit der Faust. »Wer ist Victor?«

»Ach, einer dieser Jungs, die das Seminar nur belegen, weil kein anderer Englischkurs in ihren Plan gepasst hat.«

»Aha, so einer.«

»Er besaß doch tatsächlich die Frechheit, in meine Sprechstunde zu kommen und vorzuschlagen, dass ich den Lehrplan umstelle, damit er zu seinem persönlichen Stundenplan passt. Ich hätte ihm am liebsten einen Tritt in den Hintern verpasst.«

»So einen gibt es immer.«

»Er erinnert mich irgendwie an diesen indischen Jungen in *Girls Club* ...«

»Kevin G.«, sage ich wie aus der Pistole geschossen.

»Genau der! Nur noch unheimlicher, weil er das Seminar so hasst. Ich habe Angst, dass er irgendetwas in Brand setzt. Er ist quasi die Jauchegrube in meiner Schreib-Oase.«

»Die Sorte kenne ich.«

»Also jedenfalls, manchmal treiben sie dieses Spielchen. Du weißt schon, wenn einer den anderen anschaut, als wollte er etwas sagen, und dann wegschaut, sobald der andere den Blick bemerkt.«

»Oh, die Bad-Timing-Nummer.«

»Schrecklich. Aber Gabe und Lea werden sich verlieben, ich prophezeie es«, sagt sie und pocht bei den letzten Worten auf den Tisch, um ihrer Aussage Nachdruck zu verleihen.

»Die Prophezeiung wurde vernommen.«

Einige Minuten lang essen wir schweigend.

»Und was gibt es Neues in der Welt der Astrophysik?«, fragt sie dann.

»Wir sind seit fünf Jahren verheiratet, und du hast immer noch keine Ahnung, was ich in meinem Job mache, stimmt's?«

»Keinen blassen Schimmer.«

Oktober

Charlotte (Barista bei Starbucks)

Diese verdammte Frühschicht ganz allein schieben zu müssen, ist so ziemlich das Schlimmste, was mir in meiner bisherigen Starbucks-Laufbahn passiert ist. Die neue Managerin versteht einfach nicht, dass ich mit Tabitha oder Keith zusammenarbeiten muss. Die halten mich bei Laune – und vor allem verhindern sie, dass ich nervige Kunden erwürge.

Ach, sieh mal einer an, wer da hereinspaziert kommt – Gabe, der Loser. Es ist ein faszinierendes und zugleich grauenhaftes Phänomen, dass man als Mitarbeiter bei Starbucks früher oder später die Namen aller Stammkunden kennt. Und leider auch umgekehrt. Gabe kommt schon lange her, obwohl er sich letztes Jahr kaum blicken ließ. Ich hätte ihn fast schon vermisst, aber jetzt ist er ja wieder da, kauziger denn je. Er führt sogar Selbstgespräche.

Tabitha und Keith tun immer so, als wäre Gabe ein ganz besonders liebenswerter Kauz. Der süßeste, schüchternste, wunderbarste Kauz des Planeten. Die spinnen. Ich finde, der Typ ist einfach nur verrückt, und zwar auf die schlimmstmögliche Weise.

»Hi«, sage ich und versuche, mein bestes Starbucks-Lächeln aufzusetzen – und scheitere.

Er sagt nichts und starrt auf seine Schuhe.

»Hallo!«

Nichts.

»He! Du!« Ich suche die Theke nach etwas ab, das ich ihm an den Kopf werfen könnte.

Das Mädchen hinter ihm tippt ihm auf die Schulter, und Gabe hebt den Kopf.

»Oh, sorry«, murmelt er.

»Überhaupt kein Problem«, erwidere ich, auch wenn ich es nicht so meine. »Was kann ich dir bringen?«

»Einen großen Kaffee mit Platz für Milch, bitte.«

»Sumatra oder Pike Place?« Ich würde vermuten, Pike Place, aber bei Gabe kann man nie wissen.

Er starrt mich an, als würde ich chinesisch sprechen, dabei war das eine simple und naheliegende Frage.

»Sumatra oder Pike Place?« Ich schreie fast. Es ist lächerlich.

Er starrt auf meine Lippen und reagiert mit einem halben Schulterzucken. »Keine Ahnung, was du meinst.«

Ich zeige auf die Behälter hinter mir und sage »Sumatra« und »Pike Place«.

»Oh, Sumatra bitte«, sagt er. Jetzt habe ich fast ein schlechtes Gewissen. Seine Wangen sind so rot wie ein Feuermelder, und er blinzelt, als er mir seine Gutscheinkarte reicht.

Ich verstehe einfach nicht, warum Tabitha so wahnsinnig in ihn verknallt ist. Sie könnte einen Besseren abkriegen, denke ich, als ich ihm seinen Kaffee hinstelle.

»Danke«, murmelt er, steckt die Hand tief in die Hosentasche und lässt ein paar Münzen in die Trinkgeldschale fallen. Ich muss mich zusammenreißen, um ihm nicht überschwänglich für die sieben Cent zu danken. Ich werde Tabitha und Keith haarklein berichten, wie freaky der Typ heute wieder drauf war.

Victor (Seminarteilnehmer Kreatives Schreiben)

Keine Ahnung, welche Sünden ich in meinem letzten Leben begangen habe, dass ich in meinem jetzigen so gestraft werde.

Warum sitzen Big Foot und die Giraffe immer neben mir? Ich schwöre, ich wechsle jede Woche den Platz, aber irgendwie lande ich trotzdem jedes verdammte Mal zwischen oder neben diesen beiden Dumpfbacken. Dabei sende ich ganz bestimmt keinerlei einladende Signale aus.

Ich habe keine Lust mehr, bei ihrem bekloppten Paarungsritual die Anstandsdame zu spielen. Macht einfach den Mund auf! Ihr seid auf dem College! Hört endlich auf, schüchtern und niedlich zu sein. Und niedlich meine ich nicht positiv. Sie sind lächerlich.

Was Big Foot wohl machen würde, wenn ich die Giraffe frage, ob sie mit mir ausgeht? Vielleicht würde er mir mit seinen Quadratlatschen eine verpassen.

»Victor?« Die Dozentin holt mich aus meinen Gedanken. Sie hält sich für supercool mit ihrer Hipsterbrille, dem kleinen Strickjäckchen und den kurzen blonden Haaren.

»Ja?«

»Du bist dran. Worüber möchtest du deine Kurzgeschichte schreiben?«

Ich muss mir unbedingt was Kreatives einfallen lassen, um aus diesem Kurs herauszukommen. Vielleicht sollte ich das zum Thema meiner Geschichte machen.

Inga (Seminarleiterin Kreatives Schreiben)

Als ich den nächsten Studenten in die Sprechstunde bitten will, warten zu meiner Freude Lea und Gabe auf dem Gang. Ich hebe den Zeigefinger und sage entschuldigend »eine Minute«, um sie noch ein bisschen länger zusammen warten zu lassen.

Ich schließe die Tür, trommle mit den Fingern auf der Schreibtischplatte und spitze die Ohren, um zu hören, ob sie sich unterhalten.

Ich zähle bis dreißig.

Mir ist klar, wie unprofessionell mein Verhalten ist, aber ich kann nicht anders.

Ich zähle ein weiteres Mal bis dreißig.

Noch immer kein Wort aus dem Gang. Ich seufze und öffne die Tür. »Wer ist der Nächste?«, frage ich und merke, dass mein Lächeln verräterisch breit ist.

»Ladies first«, sagt Gabe, und einen Augenblick lang sind wir alle drei gleichermaßen von seiner Ritterlichkeit überrascht. Er lehnt sich unbeholfen an die Wand und wendet den Blick ab.

»Also gut«, sage ich. »Komm rein, Lea.«

Wir unterhalten uns ein paar Minuten. Ich sage ihr, dass ich von der Erzähltechnik ihrer letzten Kurzgeschichte sehr beeindruckt war.

Sie setzt sich aufrechter hin und lächelt über das Kompliment.

»Danke. Ich war mir nicht sicher, ob ich die Aufgabenstellung richtig umgesetzt hatte. Ich fühle mich in dem Kurs manchmal ziemlich … jung, ehrlich gesagt.«

»Bist du im ersten Semester?«

»Ja.«

»Ich hatte schon viele Erstsemester, die besser waren als die Fortgeschrittenen. Ich glaube nicht, dass Schreiben etwas mit dem Alter zu tun hat. Ich denke, man kann mit der Zeit immer besser werden, aber man muss kein bestimmtes Alter erreichen, um gut schreiben zu können.«

»Okay, da fühle ich mich gleich besser.«

»Hast du in dem Kurs schon Anschluss gefunden?«, erkundige ich mich, zugegeben, nicht gerade unauffällig.

Sie kräuselt die Nase und wirft einen Blick zur Tür. »Nicht wirklich. Diesen Gabe finde ich nett, aber ich glaube nicht, dass *er* Anschluss sucht.«

Ich nicke, lächle und presse die Lippen zusammen, um nicht laut »Wusste ich's doch!« auszurufen.

Ich hole tief Luft. »Tja, jedenfalls ist es wichtig, einen guten Teampartner zu haben, mit dem man seine Texte besprechen kann. Wir werden bald im Seminar darüber reden.«

»Alles klar«, sagt sie und steht auf.

»Ist das alles? Sonst keine Fragen?«

»Nein, ich wollte in erster Linie sichergehen, dass ich im Kurs mithalten kann, und das ist ja geklärt. Also, vielen Dank.«

»Wunderbar.« Dann habe ich eine Idee. »Würdest du mir Gabe hereinschicken?« Jetzt hat sie keine Wahl, sie muss mit ihm reden.

Sie öffnet die Tür und ohne ein Wort zu sagen gibt sie ihm ein Zeichen, dass er hereinkommen kann. Ich hoffe mal, sie lächelt ihn wenigstens dabei an. Die beiden machen mich mit ihrer Schweigsamkeit noch wahnsinnig!

Gabe stürzt auf den Stuhl zu, der mir gegenüber steht, und kommt gleich zur Sache, ohne ein Wort der Begrüßung, als hätte er die Worte einstudiert. Als würde er platzen, wenn er sie nicht endlich rauslässt.

»Mein Problem ist, dass meine Texte immer zu lang werden«, sagt er schnell und reibt sich die Hände an der Hose.

»Das muss nicht unbedingt ein Problem sein«, sage ich möglichst bedächtig, um ihn ein bisschen zu beruhigen.

»Auch nicht bei Kurzgeschichten?«

»Na ja, du solltest nicht unbedingt fünftausend Wörter schreiben, wenn das Limit bei zweitausend Wörtern liegt. Aber wenn du willst, können wir deine Geschichte im Kurs besprechen und gemeinsam herausarbeiten, wo man kürzen kann«, schlage ich vor. »Es ist Wahnsinn, wie manche Schriftsteller es schaffen, ihre Texte zu kürzen, indem sie präzisere Begriffe verwenden und überflüssige Beschreibungen streichen.«

Er lächelt und nickt.

»Hast du noch weitere Fragen?«

»Nicht wirklich eine Frage. Eher eine Sorge. Ich muss den Text im Seminar vorlesen, richtig?«

»Ja. Und wahrscheinlich auch noch andere Texte.«

»Da komme ich nicht drum herum?«

Ich lächele ihm verständnisvoll zu und schüttle den Kopf.

»Ich habe Bedenken, dass ich meinen eigenen Text zensieren werde, weil … Ich weiß nicht, bei dem Gedanken, ihn vor Fremden vorzulesen, fühle ich mich …«

»Verletzlich?«, schlage ich vor. Die Angst haben viele.

»Ja«, gibt er zu und bekommt rote Ohren.

»Dieses Problem ist etwas schwieriger. Natürlich sollst du deine Gefühle nicht ignorieren, aber du musst für den Kurs nicht über etwas schreiben, das dir persönlich nahegeht. Wenn du denkst, dass du einen deiner Texte absolut nicht vortragen kannst, kannst du dich an Cole oder mich wenden, ohne dass es Punktabzug gibt.«

»Okay«, sagt er und nickt.

»War's das schon?«

»Ja.«

»Tss, ihr Studenten heutzutage macht es einem immer leichter.«

»Soll ich mir noch ein Problem einfallen lassen?«

»Ach was, ich mache einfach mal früher Feierabend.«

»Danke für die Hilfe«, sagt er, steht auf und lächelt, und weg ist er.

Ich lehne mich in meinem Schreibtischstuhl zurück und drehe mich im Kreis. Es war zwar nicht umwerfend, aber einen kleinen Fortschritt haben wir heute erzielt, denke ich.

Sam (Gabes Bruder)

Dieses Mädchen, das Gabe aus seinem Seminar kennt, wandert zwischen den Bibliotheksregalen umher und sieht immer hilfloser aus. Um genauer zu sein, ist es das Mädchen, in das Gabe *verknallt* ist.

»Hi«, sage ich und gehe auf sie zu, als ich sie zum dritten Mal am Regal entlangschleichen sehe.

»Hi«, sagt sie und blickt von mir zu der Signatur des Regals und wieder zu mir.

»Kann ich dir helfen?«

»Arbeitest du hier?«

»Ja.«

»Oh. Ja, dann kannst du mir bestimmt helfen.«

Sie zeigt mir einen Zettel.

»Ein Stockwerk tiefer«, erkläre ich. Ich schiebe den Rollwagen mit den Büchern, die ich noch einsortieren muss, aus dem Weg und bringe sie in die richtige Abteilung.

»Vielen, vielen Dank«, sagt sie, nimmt das Buch aus dem Regal und drückt es an sich.

»Kein Problem. Ich bin Sam«, sage ich und reiche ihr die Hand.

»Lea«, sagt sie. Sie hat einen festen Händedruck. Respekt.

»Du kennst doch meinen Bruder Gabe, oder?«

Sie blickt von ihrem Buch auf und sieht mich an. »Was? Nein. Ich meine …« Sie stockt, offensichtlich ist sie nervös. Sie und Gabe wären echt das perfekte Paar. »Wir haben ein Seminar zusammen, aber ich kenne ihn nicht wirklich. Nicht *kennen* kennen. Wir sind nicht … wir sind nicht befreundet oder so.«

Ich nicke und bemühe mich, nicht zu sehr zu grinsen, obwohl ich das Lachen unterdrücken muss. »Das werde ich ihm sagen.«

»Nein!«, ruft sie.

»War nur Spaß«, beruhige ich sie und lege ihr eine Hand auf den Arm.

»Danke noch mal«, sagt sie, das Buch hochhaltend, und macht sich auf den Weg nach draußen.

Ich schaue ihr nach und verbringe den Rest meiner Arbeitszeit damit, mir alle möglichen Szenarien auszudenken, wie man diese beiden schrägen Vögel verkuppeln könnte. So vergeht die Zeit wenigstens etwas schneller.

Eichhörnchen!

Das Tollste an dieser Jahreszeit sind die Eicheln. Eicheln sind köstlich und schmackhaft und das Beste, was man essen kann. Wer keine Eicheln isst, der verpasst was. Ich schwärme immer all meinen Freunden von Eicheln vor und manchmal schauen sie mich nur entnervt an, aber ich bin verrückt nach Eicheln!

Da kommen ein Junge und ein Mädchen. Das Mädchen hat mir mal Erdnüsse gegeben, und sie guckt oft den Jungen an. Er guckt sie auch an. Allerdings immer im falschen Moment.

Aber heute gucken beide im richtigen Moment, und dann lächeln sie so erfreut, dass es aussieht, als würden sie lachen.

Hoffentlich lachen sie.

Hoffentlich mögen sie Eicheln. Vielleicht sollte ich sie mit Eicheln bewerfen. Nein, keine gute Idee. Bloß keine Eichel-Verschwendung. Ich will meine Eicheln nicht teilen. Vielleicht macht mich das zu einem schlechten Eichhörnchen, aber ich will meine Eicheln nicht teilen.

Vielleicht macht mich diese Eigenschaft aber auch zu einem guten Eichhörnchen. Zu einem perfekten Eichhörnchen. Zum Paradebeispiel eines Eichhörnchens.

Hillary (Seminarteilnehmerin Kreatives Schreiben)

»Wir beginnen heute mit unserer ersten längeren Kritikaufgabe«, verkündet Nennt-mich-Inga an einem regnerischen Oktobertag. Sie klingt so euphorisch, als wäre es das größte Ereignis seit der Erfindung des Buchdrucks, oder was auch immer Englischprofs in Begeisterung versetzt.

»Wir werden ein paar kurze Erzählungen schreiben, etwa tausend Wörter, und sie im Laufe der nächsten Wochen mit einem Partner besprechen. Bei dieser Gelegenheit werdet ihr sehen, dass jeder auf seine Weise mit den Aufgaben umgeht. Ich finde es sehr wichtig, dass wir alle voneinander lernen.«

Ich lehne mich zurück, hebe die Hand und stelle eine Frage,

obwohl ich noch gar nicht aufgerufen wurde. »Über welches Thema sollen wir schreiben?«

»Über etwas Einfaches. Eine Kindheitserinnerung, die euch besonders im Gedächtnis geblieben ist, wäre zum Beispiel ein gutes Thema. Sie kann traurig, glücklich oder komisch sein, aber packt sie in tausend Worte. Es muss nichts Persönliches sein. Wenn ihr Bedenken habt, dass die Erzählung zu persönlich wird, kommt in meine Sprechstunde. Wir lassen uns etwas einfallen.«

Also, das respektiere ich an Nennt-mich-Inga, auch wenn sie ansonsten eine dumme Nuss ist. Sie weiß, dass die Leute ihre Grenzen haben, wenn es persönlich wird. Was, wenn jemand in seiner Kindheit geschlagen wurde, und bei jeder Kindheitserinnerung daran denken muss? Obwohl ... wenn man solche Probleme hat, schafft man es vermutlich nicht aufs College und sitzt in einem Seminar über Kreatives Schreiben. Man sitzt wohl eher im Knast und produziert Wein im Wasserkasten der Klospülung.

Den Gedanken behalte ich besser für mich. Und ich denke auch besser nicht genauer über Klo-Wein nach. Meine Mitbewohnerin und ich haben mal für eine Party Traubenbowle in einer großen Plastikschüssel gemacht, und die Jungs auf der Party meinten alle, das Zeug sähe aus wie Klo-Wein. Aber woher wissen verwöhnte College-Jungs überhaupt, wie Klo-Wein aussieht?

»Sonst noch etwas?«, fragt Inga. Ich muss bei dem Gedanken an Klo-Wein abgedriftet sein.

»Können wir uns unseren Partner selbst aussuchen?«

»Natürlich. Wir sind ja nicht im Kindergarten.« Sie lächelt, als hätte sie etwas Mega-Geistreiches gesagt, und schon finde ich sie wieder blöd, auch wenn ich sie respektiere.

Ich streiche mir durch die Haare und schaue mich im Seminarraum um. Keine ungerade Teilnehmerzahl, das ist schon mal gut. Aber ich will auf keinen Fall Victor, den Zombie, abkriegen. Ich habe schon seit Beginn des Semesters dieses Schnuckelchen Gabe im Auge, also lehne ich mich über den leeren Stuhl zwischen uns. Er sieht ein bisschen so aus wie der Ex meiner Schwester. Der fuhr Motorrad und war echt heiß. Aber sie war zu blöd, um ihn sich warmzuhalten.

»Gabe!«, sage ich, als wären wir alte Freunde.

Er reagiert nicht. Ich knülle ein Stück Papier zusammen und werfe es zu ihm rüber. Er zuckt zusammen und sieht mich an. Ich schenke ihm mein verführerischstes »Sei-mein-Schreibpartner-Lächeln«.

Er zieht die Augenbrauen hoch.

»Wir sollten zusammenarbeiten«, flöte ich, stütze das Kinn in die Hand und klimpere mit den Wimpern. Ich ärgere mich schon fast, dass ich meine Tricks an diesen Semi-Loser verschwende. Na ja … so ein Semi-Loser ist er eigentlich gar nicht. Besonders gut sieht er aus, wenn er sich nicht rasiert hat, oder wenn er nervös wird, weil er im Seminar was sagen muss. Wenn er bloß coolere Schuhe hätte. Vielleicht kann ich ihn in Sachen Schuhwerk beraten, wenn wir unsere Texte besprechen. Er trägt nie was mit Schnürsenkeln, immer nur so komische Slipper. Und sie sehen immer ein bisschen billig aus. Na, immerhin sind es keine Crocs.

»Also?«, hake ich nach.

»Oh.« Er dreht sich kurz um. »Hm, okay.« Er dreht sich wieder zu mir und nickt.

Volltreffer.

Wir rücken unsere Stühle zusammen.

»Bevor wir anfangen, muss ich dich was fragen. Kommen deine Vorfahren aus Italien? Ich liebe Italiener.«

»Ähm, nee ... Eher aus Portugal und Wales.«

»Südamerika, noch besser.«

Er sieht mich irritiert an. »Du weißt schon, dass Portugal nicht in Südamerika liegt, oder?«

»Na klar, du Doofi«, sage ich und berühre seinen Arm. »Das war ein Scherz!«

Wo zum Teufel liegt Portugal?

Inga (Seminarleiterin Kreatives Schreiben)

Ich habe die Aufgabe fertig erklärt und beobachte, wie Lea sich Notizen macht und Gabe ihren Hinterkopf anstarrt. Das ist die perfekte Gelegenheit für die beiden, sich endlich kennenzulernen. Ich hoffe, keiner von beiden hatte eine schlimme Kindheit. Die Aufgabe ist ideal, um mein Semesterpärchen in Stimmung zu bringen. Kindheitserinnerungen brechen immer das Eis.

Und die Uhr tickt für Lea und Gabe. Ich habe sie bislang noch nicht mal ein paar Worte wechseln sehen. Dabei starren sie sich immerzu verträumt an. Es ist offensichtlich, dass sie sich zueinander hingezogen fühlen. Anscheinend haben sie eine geheime Gesellschaft für Gegenseitiges Anhimmeln und Verehren gegründet, aber so langsam sollten sie sich mal ihre Mitgliedsausweise zeigen …

Lea blickt von ihrem Notizblock auf und lächelt mich an. Doch dann bemerken wir beide im selben Moment, dass Gabe sich mit Hillary unterhält.

Verdammt, Hillary! Du bist von der Gesellschaft für Gegenseitiges Anhimmeln und Verehren ganz herzlich ausgeladen. Mit jedem Schwung ihrer zu stark gesträhnten mausbraunen Mähne sehe ich meinen Traum von Gabe und Lea als Paar zerplatzen. Ich weiß einfach, dass ihre Haare unter diesen teuren blonden und honigfarbenen Strähnchen mausbraun sind. Ich glaube zwar nicht, dass Gabe der Typ ist, der für Haare-zurückwerf-Mädels anfällig ist, aber ich kenne ihn nicht gut genug, um mir dessen sicher zu sein.

Ich seufze so laut, dass die ganze erste Reihe gleichzeitig die Köpfe hebt. Also erwürge ich Hillary vorerst nicht, sondern lächle und drehe mich kurz zur Seite, um meine Gesichtszüge unter Kontrolle zu bringen. Pam wird das gar nicht gefallen. Es verrät, wie sehr ich mein Herz an diese Nicht-Beziehung gehängt habe.

Ich drehe mich wieder um, um nach Lea zu sehen. Wenigstens wirkt sie nicht so, als wäre sie am Boden zerstört. Sie hat sich mit ihrer Tischnachbarin auf der anderen Seite zusammengetan. Aber ich hatte mir so schön ausgemalt, wie Gabe und Lea sich bei einer Anekdote über seinen zehnten Geburtstag näherkommen, oder bei ihrer Erinnerung an die weltbeste Kuschelhöhle, die sie immer aus der Steppdecke ihrer Großmutter gebaut hat. Oder bei der Geschichte, wie Lea mit dem Kopf zwischen den Streben eines Stuhls feststeckte, oder bei der Episode, in der Gabe vom Dach des Schuppens fiel, weil seine Schwester ihm eingeredet hatte, er könne fliegen. Diese Art von Geschichten bringt die Leute zusammen. Das sind tatsächlich alles Beispiele aus Essays, die ehemalige Seminarteilnehmer geschrieben haben.

Und jetzt wird es nie dazu kommen, dank Hillary.

Ich hätte nicht gedacht, dass ich den Namen Hillary mal so verabscheuen würde. Ich bin fast so wütend, wie es Victor scheinbar tagtäglich ist.

Ich werfe Lea einen mitfühlenden Blick zu, und sie lächelt, wie üblich. Aber mit Hillary bin ich noch nicht fertig. So leicht kommt sie mir nicht davon.

Sam (Gabes Bruder)

Ich will gerade das Studierendenhaus verlassen, als ich Gabe entdecke, der sich ganz hinten in eine Ecke hinter der Treppe verkrümelt hat, wo er kaum zu sehen ist. Meine Mom trichtert mir dauernd ein, dass ich ein Auge auf ihn haben soll, aber ich sage ihr immer, dass es ihm gutgeht.

Ich setze mich ihm gegenüber. »Ich wusste gar nicht, dass man hier hinten auch sitzen kann.«

Er scheint mich nicht zu bemerken, deshalb klopfe ich auf den Tisch. Er zuckt zusammen, nimmt die Ohrhörer raus und sieht mich an.

»Hey«, sagt er. »Ich habe dich gar nicht gehört.«

»Ach nee! Ich habe gerade gesagt, dass ich gar nicht wusste, dass man hier hinten auch sitzen kann.«

Er schaut sich um, als wäre ihm überhaupt nicht klar, wo er sich befindet. »Ich glaube, die Tische wurden erst vor kurzem hier aufgestellt. Ich find's ganz nett. Nicht so viel los.«

Ich nicke. »Wie geht's?«

»Ganz gut.«

»Und was liegt bei dir heute noch an?«

»Ich muss mich nachher mit meiner Schreibpartnerin für das Seminar treffen.«

»Arbeitest du mit dieser Lea zusammen?«

»Nee, mit der größten Nervensäge der Welt. Ich wünschte, es wäre Lea.« Er sieht so frustriert aus, dass ich ihm aufs Wort glaube. Leider zeigt in diesem Augenblick der große Bruder in mir seine Fratze.

»Ha! Du magst sie also doch!«

Er verdreht die Augen.

»Hast du sie schon angesprochen?«

»Nein.«

»Ich habe mich neulich mit ihr unterhalten.«

Da wird er hellhörig. »Was? Was hast du ihr gesagt, Sam?«

»Nichts, ich schwöre!« Ich hebe die Hände, um meine Unschuld zu beteuern.

Er sieht mich prüfend an. »Versprichst du, dass du kein Arschloch warst?«

»Ich verspreche es.«

»Ich glaube dir nicht.«

»Na schön.«

»Na schön.«

Tja, so kommen wir nicht weiter. Ich beschließe, einfach drüber hinwegzugehen.

»Du solltest mit ihr reden. Sie ist nett.«

Er zuckt die Schultern.

»Komm schon, Mann, warum nicht?«

»Du weißt, warum«, sagt er. Und ich weiß es, aber ich finde, dass seine Probleme ziemlich bescheuert sind, und ich darf das auch finden, weil ich sein Bruder bin. »Reden wir über was anderes.«

»Wie lebt es sich als akademischer Wohnheim-Mentor, oder wie auch immer dein ehrfurchtgebietender Titel lautet?«

»Der Job hat es in sich. Neulich Abend war ein Mädchen bei mir und hat sich über ihr Seminar in Linearer Algebra II ausgeheult. Das habe ich selbst nie belegt, Lineare Algebra I hat mir schon den Rest gegeben. Ich konnte ihr überhaupt nicht helfen.«

»Blöd.«

»Ist es wirklich. Mir tun die Studenten leid, weil sie mit mir so ein Pech haben, weißt du? Wenn ich nicht mein Stipendium verloren hätte, würde jetzt eine geeignetere Person an meiner Stelle sitzen.«

»Ich bin mir ziemlich sicher, dass du den Job nicht bekommen hättest, wenn die Profs dich für ungeeignet gehalten hätten.«

»Und ich bin mir ziemlich sicher, dass sie ihn mir nur gegeben haben, weil ich ihnen leidtat.«

»Trotzdem«, sage ich und versuche, ein Argument zu finden, um ihn aus diesem Teufelskreis des Selbstmitleids rauszuholen. »Immerhin hast du ein Zimmer für dich.«

Er gluckst. »Das stimmt.«

»Ein Einzelzimmer muss der Wahnsinn sein.«

Er sieht mich mit hochgezogenen Augenbrauen an.

»He, ich muss Casey schon seit drei Jahren beim Furzen zuhören!«

Gabe lacht.

»Kommst du mit in die Mensa?«, frage ich, weil mir plötzlich auffällt, dass ich seit einer Ewigkeit nichts gegessen habe, und der Kühlschrank zu Hause ist natürlich leer.

»Nee, ich muss mich doch mit der größten Nervensäge der Welt treffen, schon vergessen?«

»Stimmt ja. Wie kommt es, dass du mit der größten Nervensäge der Welt in einem Team gelandet bist?«

Er rümpft die Nase. »Sie hat mich gefragt, ob ich mit ihr zusammenarbeite, und ich hatte keine Ahnung, wie ich ablehnen sollte. Ich war so entsetzt, dass es nicht Lea war, dass ich in eine Art Schockstarre verfallen bin.«

»Und warum nervt sie so?«

»Also, zum Beispiel denkt sie, Portugal läge in Südamerika.«

Ich schüttele den Kopf und lache.

»Alter, das ist hart«, sage ich.

»Das Leben ist eben manchmal hart«, sagt er wie ein weiser alter Mann.

»Klar, aber …« Ich unterbreche mich. Ich betrachte ihn, wie er dasitzt, seine Bücher über den ganzen Tisch verteilt und die Stirn vor Konzentration gerunzelt. »Aber es muss nicht so hart sein, wie du es dir machst. Ich weiß, du hasst es, wenn ich das sage, und ich … pisse mir damit wahrscheinlich selbst ans Bein, außerdem will ich mich nicht mit dir streiten, aber du kannst dir ruhig mal, na ja, von anderen Leuten helfen lassen.«

Er starrt mich an, und eine Sekunde lang fürchte ich, dass er gleich losheult.

»Ich weiß«, sagt er schließlich.

»Gut. Hauptsache, es ist dir klar.«

»Ja, ist klar. Deshalb gehe ich jetzt auch zu einem Therapeuten.«

»Klingt gut«, sage ich, etwas überrascht. Aber ich wusste ja, dass meine Eltern ihn dazu ermuntert haben. Bevor ich eine große Sache daraus machen kann, fällt mein Blick auf ein Mädchen, dessen Lächeln so breit ist, dass es einfach falsch sein muss.

»Ich nehme an, da kommt deine Partnerin«, sage ich und deute mit dem Kinn auf sie.

»Ja«, sagt er, und seine Schultern sacken nach unten. »Leider.«

Ich verschwinde mit einem schnellen Gruß über die Schulter. Ich bin gerade nicht in Stimmung, die größte Nervensäge der Welt kennenzulernen.

Frank (Lieferbote vom China-Imbiss)

Mit diesen Bestellungen kann etwas nicht stimmen. Zweimal genau die gleichen Gerichte für zwei verschiedene Leute in zwei verschiedenen Zimmern im selben Wohnheim. Wir dürfen Lin nicht mehr die Anrufe entgegennehmen lassen, sie bringt immer was durcheinander. Sonntagabende sind jedenfalls nichts für sie, so viel steht fest.

Ich gehe trotzdem ins Wohnheim. Vielleicht nimmt die Person, deren Bestellung falsch ist, sie trotzdem an. Und wenn nicht, weiß derjenige zumindest, dass ich hier war. Ich hasse es, den gleichen Weg zweimal zu fahren, aber das gehört halt zum Job.

Ich warte gefühlte Millionen Jahre in der Eingangshalle und gebe mir Mühe, nicht so auszusehen, als würde ich kriminelle Absichten hegen. Mein Handy explodiert gleich. Anscheinend wollen heute Abend alle feiern gehen, aber ich muss morgen früh um neun im Labor sein, und ich will nicht zu spät kommen. Ich habe eine Eins in dem Kurs, und die will ich auch behalten.

Endlich öffnen sich die Aufzugtüren. Aus der einen kommt ein Mädchen, aus der anderen ein Junge.

»Habt ihr was bestellt?«, frage ich und halte die Tüten hoch.

Sie kommen zu mir und sehen sich kurz von der Seite an.

»Kann es sein, dass ihr beide das Gleiche bestellt habt?«

»Sesamnudeln mit Hühnchen und Frühlingsrollen?«, fragt das Mädchen und blickt zwischen mir und dem Jungen hin und her.

»Ja«, sagt der Typ, so leise, dass es kaum wie ein Wort klingt, eher, als würde er ausatmen.

»Ernsthaft?«, frage ich.

Er nickt und sie lächelt.

»Und ihr gehört nicht zusammen?«, frage ich verwirrt. »Das ist mir noch nie passiert. Euch kommt das vielleicht nicht komisch vor, aber ich liefere seit sechs Jahren für den Imbiss meiner Eltern aus, und das ist wirklich noch nie vorgekommen.«

»Nein«, antwortet das Mädchen. Sie ist wohl die Wortführerin. »Wir gehören nicht zusammen. Aber schön, dass wir eine Art persönlichen Rekord für dich aufgestellt haben.«

»Cool. Aber ihr hättet gemeinsam die XXL-Portion Frühlingsrollen bestellen können – weniger Geld und mehr Frühlingsrollen.«

Darüber lächeln beide. »Mehr Frühlingsrollen können nie schaden«, sagt das Mädchen.

Ich reiche ihnen ihre Tüten, und sie zahlen. Beide geben ein anständiges Trinkgeld. Auf dem Weg nach draußen drehe ich mich noch einmal um, und sie stehen da und starren sich an, während sie auf den Aufzug warten.

Maribel (Leas Mitbewohnerin)

Lea zerquetscht mich fast, als ich am Sonntagabend nach einem Wochenende bei meinen Eltern zurück ins Wohnheim komme.

»Du hast mir auch gefehlt«, sage ich, die frische Wäsche auf meinem Arm vor Leas Attacke rettend.

»Das Horrorszenario ist eingetreten«, jault sie.

»Was? O Gott. Was ist passiert?« Ich wappne mich für schreckliche Neuigkeiten. Ich überlege fieberhaft, was passiert sein könnte.

»Gabe wohnt hier!«

»Ist das nicht was Gutes?«

»Na ja, ja, aber ich wusste nicht, dass er hier wohnt. Die ganze Zeit schon! Warum ist mir das nie aufgefallen? Wir steigen immer an derselben Haltestelle aus. Aber ich bin nie auf die Idee gekommen, dass er in diesem Wohnheim wohnt. Ich dachte, er lebt irgendwo hier in der Nähe.«

»Ist dir klar, dass das überhaupt nichts Schlimmes ist? In der Nähe seines Angebeteten zu wohnen, ist doch keine schlechte Sache.«

»Das ist ja auch nicht das Schlimme.«

Ich seufze und lege meine Wäsche ab. Sie wirft sich auf ihr Bett, während ich meine Sachen einsortiere.

»Erzähl mir von deinen Sorgen, mein Kind«, sage ich.

»Also, ich habe vorhin was beim Chinesen bestellt …«, beginnt sie.

»Hast du mir was übriggelassen?«

»Im Kühlschrank sind noch ein paar Frühlingsrollen.«

»Mmmmmh!«

Sie verdreht die Augen. »Der Lieferbote hat geklingelt, und ich bin runter, und was meinst du, wer unten aus dem Fahrstuhl kommt? Gabe! Wie er leibt und lebt.«

»Unglaublich.«

»Fand ich auch«, stimmt sie mir zu. »Er hat natürlich keinen Ton gesagt, und der Lieferbote konnte sich gar nicht mehr einkriegen, weil wir exakt das Gleiche bestellt haben. Das kommt angeblich nie vor. Und dann hat er gefragt, ob wir zusammen sind! Das war echt peinlich.«

Ich mache eine »geht-so«-Bewegung mit der Hand.

»Aber dann wurde es noch viel schrecklicher.«

»Was ist passiert?«

»Wir haben zusammen auf den Fahrstuhl gewartet und uns angeschaut, oder besser gesagt, verstohlen angeschielt. Und ich habe versucht, mir irgendein Gesprächsthema einfallen zu lassen ...«

»Du hättest ihm sagen sollen, wie sehr dir sein Essay gefallen hat, den du letzte Woche gelesen hast.«

»Ja, so etwas hätte ein normaler Mensch wohl gesagt.«

»O nein. Und was hat der nicht-normale Mensch gesagt?«

»Ich Idiotin habe ihn angeschaut und gesagt: ›Als Chinesin kann ich dir bestätigen, dass du einen ausgezeichneten Geschmack in chinesischem Essen hast.‹«

»Ach, es wäre noch schlimmer gegangen«, beschwichtige ich sie.

»Würdest du je auf die Idee kommen zu sagen, du als

Mexikanerin könntest bestätigen, dass jemand einen ausgezeichneten Geschmack in mexikanischem Essen hat?«

»Na ja … wenn du mich so fragst …«

Sie schiebt sich die Kapuze ihres Pullis über den Kopf und zieht die Bänder so eng zusammen, dass nur noch ihre Nase herausguckt.

»Lea, das war nur Spaß! Es ist doch wirklich nicht so dramatisch«, sage ich und setze mich neben sie aufs Bett. »Was hat er denn dann gesagt?«

Sie lockert die Kapuze, um besser sprechen zu können. »Er stand eigentlich nur da und hat den Mund auf und zu gemacht.«

»Es wäre natürlich besser gewesen, wenn du ihn für seinen Aufsatz gelobt hättest, aber du musst doch nicht glauben, dass jetzt alles verloren ist, nur weil du etwas zu ihm gesagt hast, das ein bisschen schräg war.«

»Es war das erste Mal, dass ich den Mut hatte, überhaupt mit ihm zu reden, und das kommt dabei raus? Das ist doch doof. So was sage ich normalerweise nicht.«

»Du hättest ihn für seinen Aufsatz loben und ihn dann fragen sollen, ob er mit dir essen will.«

»Warum bist du in solchen Situationen nicht bei mir, um mich zu coachen? Warum lässt du mich hilflos allein durch die Welt stolpern?«

»Auf diese Fragen habe ich leider keine Antworten.«

Sie blickt mit zusammengekniffenen Augen in die Ferne. »Aber zu meiner Rechtfertigung, ich weiß genau, dass es ein Desaster geworden wäre, wenn wir zusammen gegessen hätten. Am Ende hätte ich noch über meinen Familienstammbaum geredet, oder darüber, wie komisch es ist, dass der Plural von ›Perpetuum mobile‹ ›Perpetua mobilia‹ ist.«

»Vielleicht hätte ihm das gefallen«, erwidere ich und streiche ihr über den Rücken.

»Ich muss einfach daran denken, dass ich mir mit solchen Kleinigkeiten nicht automatisch alles vermassele. Ich muss nicht supercool sein, wenn er dabei ist.«

»Genau, denk daran.«

Sie schließt ihre Kapuze wieder und schüttelt den Kopf.

Charlotte (Barista bei Starbucks)

»Hast du in letzter Zeit eigentlich mal wieder mein Herzblatt Gabe gesehen?«, fragt Tabitha mich in einer ruhigen Minute. Sie will offensichtlich tratschen, und obwohl ich keine Lust habe zu arbeiten, bin ich mir nicht sicher, ob ich in Stimmung bin, über Gabe zu reden.

»Ich habe ihn ein- oder zweimal gesehen«, sagt Tabitha, »aber längst nicht oft genug, deshalb dachte ich, ich könnte indirekt von deinen Begegnungen mit ihm profitieren. Falls du ihn gesehen hast.«

»Du laberst Schwachsinn.«

»Er ist so süß!«

»Ich glaube, mit ihm stimmt etwas nicht«, sage ich. Ich will ja nicht schlecht über ihn reden, in erster Linie, weil ich Tabitha mag. Leute wie Tabitha trifft man nicht oft, und schon gar nicht bei Starbucks. Aber ich will ihr auch keine Hoffnungen machen.

»Ach Quatsch! Der ist einfach super niedlich.«

»Vor ein paar Wochen war er mal da, und er stand total neben sich. Ich glaube, er war so richtig bekifft.«

Sie zuckt die Schultern. »Ich würde mir nie anmaßen, andere Leute für ihren Rauschmittelkonsum zu verurteilen …«

»Es war zehn Uhr morgens.«

»Vielleicht war er verpennt.«

»Ich musste ihn vierzigmal fragen, welche Kaffeegröße er haben will.«

»Du nuschelst.«

»Er hat immer Probleme, auf die simpelsten Fragen zu antworten. Das Mal davor ging es um Sumatra oder Pike Place, und davor, ob er sein Gebäck warm oder kalt will. Ich sollte ihn einfach nichts mehr fragen.«

»Er ist eben ein ruhiger Typ. Die letzten Male, als ich ihn hier gesehen habe, war diese Lea auch gerade da. Die beiden sind immer so schüchtern, wenn sie sich zufällig treffen. Und dann lächeln sie sich ganz verzagt an. Es ist wie ein Liebesfilm direkt vor unseren Augen.«

»Du verbringst zu viel Zeit mit deinen Katzen.«

»Und du verbringst zu viel Zeit mit dem Kopf in deinem Arsch«, schießt sie zurück.

Ich mache ein entsetztes Gesicht und werfe ihr den Reinigungslappen vom Milchschäumer an den Kopf.

»Igitt«, sagt sie. »Bleib mir mit deinem ollen Milchfetzen vom Hals.«

»Und du bleib mir mit deinen Schwärmereien von der großen Liebe zwischen einem Kiffer und einer dahergelaufenen Tussi vom Hals.«

»Ich shippe die beiden einfach«, sagt Tabby, stützt das Kinn in die Hand und starrt zur Tür, als beschwöre sie die beiden, in diesem Moment hereinzukommen.

»Okay, ich frage erst gar nicht …«, murmele ich.

»Kennst du das nicht, wenn du unbedingt willst, dass zwei Figuren in einer Fernsehserie zusammenkommen? Du willst sie verkuppeln, du willst, dass sie heiraten und glücklich und zufrieden sind, bis an ihr Lebensende. Das ist shippen. Kommt wohl von ›relationship‹.«

»Ich dachte, du ›shippst‹ ihn mit *dir*?«

»Tja, in einer perfekten Welt schon. Aber er steht auf diese Lea, das merke ich. Wenn *ich* schon nicht mit ihm glücklich werden kann, dann soll er wenigstens mit ihr glücklich werden.«

»Okay, Tab, Hand aufs Herz: Schreibst du Fan-Fiction über unsere Kunden?!« Diesmal ist sie es, die mir den Lappen an den Kopf wirft. Dann klingelt das Glöckchen an der Tür, und wir drehen uns beide um. Weder Lea noch Gabe.

»Vielleicht sollte ich damit anfangen«, sagt sie grinsend.

Ich verdrehe die Augen.

»Ich mag sie halt. Ich mag, wie er sie anschaut, und ich mag, wie sie ihn anschaut. Ich glaube, die zwei würden hinreißend süße Babys haben.«

»Oh, Tab«, sage ich kopfschüttelnd.

»Mir gefällt die Vorstellung, dass wir ihrem Leben zusehen, ohne dass sie etwas davon wissen. Ich weiß, das klingt vielleicht voyeuristisch und seltsam und bemitleidenswert, aber es macht mich glücklich. Und ich habe im Moment nicht viel Liebesglück in meinem Leben, also lass mir doch die Freude, dass zwei verdammte Starbucks-Kunden sich verlieben!«

»Ich sage dir das ja wirklich ungern«, entgegne ich, »aber er war gestern mit einer Tussi mit krass blondierten Strähnchen hier.«

»Und das erzählst du mir jetzt!«

»Es ist mir gerade erst wieder eingefallen!«

»O nein, dann ist ja klar, was jetzt passiert«, stöhnt sie, und die Begeisterung schwindet aus ihrem Gesicht.

»Vielleicht ist es nicht so, wie wir denken! Vielleicht war es seine Cousine«, sage ich. Ich habe echt keine Ahnung, warum ich den Trottel auch noch verteidige.

Dann füllt sich der Laden, und wir müssen unser Gespräch beenden. Aber ich muss gestehen, dass ich den Rest des Tages immer wieder über Gabe und Lea nachdenke.

Danny (guter Freund von Lea)

Ich sehe sie mit ein paar Freundinnen an der Bushaltestelle stehen. Es ist Halloween, und ich hätte sie mit ihren auftoupierten und mit dem Kreppeisen malträtierten Haaren fast nicht erkannt.

»Azalea!«, rufe ich und überquere die Straße.

»Danny!«, kreischt sie, wirft die Hände hoch und vollführt einen kleinen Freudentanz.

»Geiler 8oer-Style«, sage ich.

»Ja, ne?«

»Du bist V-O-L-L!«

»Ein bisschen, wir haben vorgeglüht«, gibt sie zu und nickt. »Maribel meinte, das würde Spaß machen. Und das tut es!«

»Hi Maribel, ich bin Danny«, sage ich und reiche ihr die Hand.

»Hi.«

»Oh! Und das hier ist Bianca, sie wohnt auch in unserem Wohnheim«, sagt Lea und wippt auf den Zehenspitzen.

»Wohin geht ihr?«, frage ich.

»Maribel kennt einen Typen, der in diesem Baseball-Haus wohnt, also, in dem Haus, wo viele Baseballspieler wohnen«, erklärt Bianca.

»Oh! Ich wette, das ist das, wo Gabes Bruder wohnt!«, sage ich und klatsche in die Hände.

»Ist das nicht der Typ, in den Lea bis über beide Ohren verknallt ist?«, fragt Bianca. Lea wirft ihr einen tödlichen Blick zu.

»Du bist bis über beide Ohren in Gabe verknallt?«, frage ich und ziehe eine Augenbraue hoch.

Sie zuckt die Schultern. »Vielleicht bis über eins.«

»Er ist ein Schnittchen«, sage ich.

»Definitiv. Aber du hast recht, wahrscheinlich ist er schwul«, sagt Lea kopfschüttelnd und mit traurigem Gesicht.

»Ach, sei nicht traurig, Süße. Er ist echt ein netter Typ. Auf jeden Fall ein super Kumpel, wenn schon sonst nichts«, tröste ich sie. Dann rufen meine Freunde nach mir. »Ich muss jetzt los. Aber wollen wir morgen zusammen essen? Ich schreibe dir gegen Mittag?«

»Ja, klar!«, stimmt Lea zu.

»Cool.« Ich winke ihnen über die Schulter zu, während ich wieder die Straßenseite wechsle.

Casey (Kumpel von Gabe)

Ich liebe meine Mitbewohner, ehrlich, aber an Abenden wie diesen wünsche ich mir, ich hätte mir dieses Jahr einfach mit Sam eine Bude gesucht. Dann wäre an Halloween nicht das ganze Haus voller Freunde von Freunden von Freunden. Klar, es macht Spaß, aber es hat auch etwas Verstörendes. Vor allem, weil dieses Jahr so viele Leute maskiert sind. Ich kann mich nicht erinnern, jemals auf einer Party so viele Leute mit Masken gesehen zu haben.

Gabe kommt gegen elf. Ich habe ihm gesagt, er könne mitbringen, wen er will, aber irgendwie scheint er den Anschluss an seine Freunde von früher verloren zu haben.

»Warum hast du eine Tasche dabei?«, frage ich, als er reinkommt.

»Ich dachte, ich penne heute hier«, sagt er. »Sam meinte, das geht in Ordnung …«

»Ja, klar!«

Er geht nach oben, und ich warte mit dem Bierholen, bis er zurück ist.

»Ich dachte, du kommst schon früher«, sage ich, als er wieder auftaucht.

»Ich wollte mich nur kurz aufs Ohr hauen, aber irgendwie sind fünf Stunden draus geworden«, sagt er und zuckt die Schultern.

»Was zum Teufel hast du da?«

»Das hier?«, fragt er und hält mir die älteste, gruseligste, mottenzerfressenste Werwolf-Maske hin, die ich je gesehen habe.

»Die ist ja widerlich.«

»Die hab ich bei meinen Eltern gefunden«, sagt er. »Du hast doch gesagt, dieses Jahr ist Kostümpflicht.«

»Du bist also ein altersschwacher Werwolf?«

»Ja, ich sag jetzt mal, das war mein Plan«, sagt er und grinst. »Die Mädels stehen voll auf diese Typen aus *Teen Wolf*.«

Ich zwinkere ihm zu. »Woher kennst du denn *Teen Wolf*?«

»Das haben meine kleinen Schwestern gesagt. Vielleicht haben sie gelogen.«

»Du siehst aus wie Jason Bateman in *Teen Wolf Zwei*.«

»Du bist bloß neidisch auf meine Brusthaare«, sagt er. Und um der Aussage Nachdruck zu verleihen, öffnet er den obersten Knopf seines Schottenhemds. »Wenigstens beziehe ich mich auf die aktuelle Popkultur, und nicht auf die Popkultur der Achtziger.«

»Tu doch nicht so, als hättest du die ganzen alten Filme nicht gesehen.«

»Aber nur auf Video, weil wir kein Kabelfernsehen hatten«, sagt Gabe. »Und wer bist du bitte schön?«

»Ich … bin Batman«, sage ich und werfe mir schwungvoll meinen Umhang über die Schultern.

»Du trägst Umhang zu Jeans.«

»Ich bin … Batman im Freizeitlook.«

»An deiner Christian-Bale-Stimme musst du noch arbeiten.«

»Nee, ich bin der Batman, der von Michael Keaton gespielt wurde«, sage ich.

»Noch so eine veraltete Anspielung! Abgesehen davon, dass du auch nicht wie Michael Keaton klingst. Glaubst du vielleicht, tust du aber nicht.«

Tja, da hat er wohl recht, aber ich will die Niederlage nicht zugeben. »Also, willst du ein Bier?«

»Was sonst …«

»Brauchst du Begleitung, oder kann ich hier abhängen und Leute begrüßen, und du kommst wieder, wenn du es dir geholt hast?«

»Alles in Ordnung, ich bin gleich zurück.«

Mein Kumpel Bailey kommt auf der Party an, während Gabe weg ist.

»Was bist du denn?«

»Ich bin Dora, aus *Dora the Explorer*.«

»Verdammte Scheiße! Du bist Dora!«, sage ich und bestaune das knappe pinkfarbene T-Shirt und die orangefarbenen Hotpants.

»Das Outfit hat mich sieben Dollar bei Walmart gekostet, und die Perücke habe ich meiner Tante geklaut.«

»Vielleicht hättest du dir die Beine rasieren sollen.«

»Ich hab drüber nachgedacht, aber dann fand ich es doch übertrieben.«

»Starker Auftritt«, lobe ich und klatsche ironisch mit den Fingerspitzen.

Er zuckt grinsend die Schultern. Mein Freundeskreis zuckt eindeutig zu viel die Schultern. »Wo ist Gabriel heute Abend?«, fragt er.

»Auf der Jagd nach Bier«, antworte ich.

»Und was machen seine Lebensgeister?«

»Es scheint ihnen ganz gut zu gehen. Ich weiß, wir wollen nicht … hinter seinem Rücken über ihn reden, aber ich bin sicher, dass er es dir sowieso erzählt. Ich habe ihn letzte Woche in der Mensa getroffen, und er meinte, dass er jetzt zu einem Therapeuten geht.«

»Hä, was?«, fragt Sams Stimme hinter mir. »Wer geht zum Therapeuten?«

»Dein Bruder«, erwidere ich und kann die Fragezeichen in meiner Stimme nicht unterdrücken.

»Ach, ja. Ich weiß. Ich glaube, das ist eine gute Idee.«

»Immer bin ich der Letzte, der so was erfährt«, mault Bailey.

Gabe kommt lächelnd die Treppe runter und grüßt im Vorbeigehen bekannte Gesichter. Er reicht Bailey einen der beiden Plastikbecher mit Bier, die er geholt hat.

»Was für ein Service«, sagt Bailey.

»Eigentlich waren beide für mich«, sagt Gabe. »Aber ich will mal nicht so sein.«

»Und was ist mit mir?«, fragt Sam.

»Du solltest sowieso nichts trinken. Musst du nicht morgen für ein großes Sportereignis fit sein?«, erwidert Gabe grinsend.

»Halt's Maul, das müssen die beiden Loser hier auch!«, knurrt Sam, bevor er nach unten geht.

Wir verziehen uns in die Küche, lehnen uns an die Arbeitsplatte und reden Blödsinn, wie wir es so oft tun. Bailey wirft Gabe seine nachlässige Verkleidung vor, woraufhin Gabe seine Maske aufsetzt, um sein Engagement zu demonstrieren, und in dieser Sekunde kommt Lea herein.

Ich versetze ihm einen Stoß. »Deine Traumfrau ist da.«

»Hä?«

»Lea. Ist. Hier.«

»Was? Wo?«, fragt er, schiebt die Maske hoch und beugt sich vor, um mich besser zu verstehen.

»Sie ist gerade in den Keller gegangen.«

»Shit. Ich hasse den Keller. Es ist so laut da unten.«

»Das ist eine Party, Oma Gabe«, sagt Bailey und klapst ihm auf die Brust. »Lasst uns Sam finden.«

»Komm schon, zehn Minuten in der Menge haben noch niemandem geschadet«, füge ich hinzu.

Gabe verzieht das Gesicht, aber er setzt sich die Maske wieder auf, Bailey rückt seine Perücke gerade, und wir gehen in den Keller. Dort sind die meisten Lichter aus, bis auf die Lampe in der Ecke beim Bierfass und eine angestrahlte Diskokugel, die meine Mitbewohner in der Mitte des Raums aufgehängt haben. Mir scheint, sie dreht sich ein bisschen zu schnell, aber das könnte auch am Bier liegen, das ich intus habe.

»Man erkennt euren Keller gar nicht wieder«, ertönt Gabes gedämpfte Stimme hinter der Maske.

»Das Gleiche habe ich auch gerade gedacht!« rufe ich zurück. Wir quetschen uns zwischen den Leuten durch. Sam unterhält sich mit einem Mädchen, das ich noch nie gesehen habe, und gibt uns unauffällig zu verstehen, dass wir ihn in Ruhe lassen sollen. Es ist unglaublich voll hier unten.

Endlich entdecke ich Lea und ihre beiden Freundinnen in der Ecke beim Bierfass. Blitzschnell ist Gabe am Fass und zapft ihnen ein Bier. Ich habe noch nie erlebt, dass er so Feuer und Flamme für ein Mädchen war. Die Mädels unterhalten sich und lachen, und ich bin genervt, dass Gabe zu blöd war, vorher seine Maske abzunehmen. Jetzt hat Lea keine Ahnung, dass ihr galanter Bierschenk kein anderer ist als Gabe. Ich schüttele den Kopf.

»Der Blödmann hätte die Maske abnehmen sollen«, brüllt Bailey mir ins Ohr.

»Dumm gelaufen«, entgegne ich.

Die Mädchen bedanken sich bei ihm und bahnen sich einen Weg durch die Menge. Gabe schlendert mit hocherhobenem Kopf zu uns zurück, offensichtlich hat er das Gefühl, gerade etwas Grandioses geleistet zu haben. Eine Minute später haben wir alle ein frisches Bier in der Hand, und ich gebe den anderen ein Zeichen, wieder nach oben zu gehen. Gabe schiebt seine Maske hoch, als wir die vergleichsweise leise und kühle Küche betreten und unsere Plätze von vorhin wieder einnehmen.

»Das war doch gut, oder?«, fragt Gabe.

»Tja, sie weiß nur nicht, dass du es warst«, sagt Bailey und verpasst ihm einen Klaps auf den Hinterkopf.

»O nein.« Er scheint kurz darüber nachzudenken. »Ich

könnte hier warten, bis sie hochkommt, vielleicht erkennt sie mich dann an meiner Kleidung?«

»Ich habe schon schlechtere Pläne gehört«, sage ich.

In den nächsten beiden Stunden gehen wir abwechselnd Bier holen, und irgendwann setzt sich Gabe auf die Arbeitsplatte, baumelt mit den Beinen und unterhält sich mit allen, die vorbeikommen. Erst ist er angeheitert, und dann ist er richtig betrunken. Offensichtlich haben ihn viele Leute letztes Semester vermisst, und ich glaube, das wird ihm heute zum ersten Mal richtig klar. Er unterhält sich mit einem unserer Mitbewohner, und Bailey und ich gehen runter, um Biernachschub zu besorgen.

»So gut drauf habe ich ihn schon lange nicht mehr erlebt«, sagt Bailey.

»Ja. Ist doch gut, oder?«

»Auf jeden Fall.«

Ich sehe Lea mit einer ihrer Freundinnen die Treppe hochgehen, und Bailey und ich heften uns an ihre Fersen. Es gibt nicht viel zu sehen, aber immerhin winkt sie Gabe zu, und er winkt ihr von seinem Platz in der Küche aus zurück. So, wie er lächelt, war das gerade das Highlight seines Abends.

»Du solltest mit ihr reden«, sage ich.

Er schüttelt den Kopf. »Ich weiß nie, was ich sagen soll. Es ist bescheuert. Und jetzt bin ich so betrunken, dass ich bestimmt irgendwas Blödes sagen würde.«

»Manchmal ist es besser, etwas Blödes zu sagen, als überhaupt nichts.«

»Also das erschüttert meine Weltanschauung in ihren Grundfesten«, erwidert er.

November

Sam (Gabes Bruder)

»Wo bin ich?«, murmelt Gabe und rappelt sich schnaufend vom Boden in eine sitzende Position auf.

»Du bist in meinem Zimmer«, informiere ich ihn.

Er sieht mich an und reibt sich die Augen. »Heilige Scheiße, was ist letzte Nacht passiert?«

»Du hast eine Menge getrunken, alle möglichen Leute angequatscht, bis auf das Mädchen, in das du verknallt bist, hast zahlreichen Personen versichert, dass Jason Bateman der beste *Teen Wolf* aller Zeiten war, und dann bist du gegen vier Uhr morgens auf meinem Fußboden eingepennt.«

Er stützt die Ellbogen auf die Knie. »Davon weiß ich kaum noch was.«

»Das überrascht mich nicht.«

»Ich habe wirklich nicht mit Lea gesprochen?«

»Nein.«

»Was hat es für einen Sinn, sich höllisch zu betrinken, wenn man nicht mal dann die Eier hat, das Mädchen seiner Träume anzusprechen?«, fragt er, während ich zwei Wasserflaschen aus dem kleinen Kühlschrank in meinem Zimmer angele.

»Immerhin hast du ihr mehrmals verschämt zugewinkt.«

Er wirft mir einen finsteren Blick zu. »Wo ist Casey?«

»Unter der Dusche.«

»O Mann, da will ich auch hin.«

»Da könnte er was gegen haben.«

Ich ernte noch einen finsteren Blick. »Wie spät ist es?«

»Zwölf.«

»Wie konnte ich acht Stunden auf dem Boden schlafen?«

»Keine Ahnung, aber du hast mit dem Sitzsack gekuschelt.«

Er starrt besagten Sitzsack an, als wäre er gerade vom Himmel gefallen, dann sieht er wieder mich an. »Aha. Okay.«

Er drückt sich die Fingerspitzen auf die Augen.

»Geht's dir gut?«

»Ja. Ein bisschen schwindelig. Und am Verhungern.«

»Willst du was essen gehen?«

»Ja. Aber erst mal duschen und mir die Kontaktlinsen von den Augen schaben.«

»Alter«, sagt Casey, als wir ihm in der Tür begegnen, und klopft Gabe auf die Schulter. »Warst du voll gestern. Voller, als ich dich je gesehen habe.«

Gabe schüttelt den Kopf. »Ich glaube, ich war jenseits von voll.«

Nachdem wir alle die durchsoffene Nacht abgeduscht haben, machen wir uns auf den Weg zu Charlie's Diner. Drei Tische weiter sitzen Lea und ihre Freundinnen. Ich würde mal sagen, das ist Schicksal.

Ich sehe Gabe mit hochgezogenen Augenbrauen an, und Casey stößt leises Wolfsgeheul aus, als wir unseren Platz zugewiesen bekommen.

»Bitte, macht mich nicht lächerlich«, beschwört uns Gabe.

»Das können wir nicht versprechen«, sage ich grinsend und schnappe mir die Speisekarte.

Maxine (Kellnerin in Charlie's Diner)

Samstage können fürchterlich sein. Es kommt auf die Jahreszeit an, aber manchmal ist es von früh bis spät rappelvoll. Und heute ist ein Tag nach Halloween, das heißt, die Verkaterten und die Footballspiel-Zuschauer treffen aufeinander. Sehr gemischtes Publikum.

Das Mädchen und der Junge von neulich sind wieder da, und nachdem ich eine Weile die Lauscher aufgesperrt habe, kenne ich ihre Namen: Gabe und Lea. Gute Namen, mir gefällt, wie sie zusammen klingen.

Natürlich ist der Boss da, weshalb ich nicht meine eigene Sitzordnung schaffen kann. Stattdessen sage ich zu den Jungs, als sie sich Kaffee holen, dass sie die Mädels lieber mal ansprechen sollten, statt sie die ganze Zeit anzustarren.

Gabe kriegt vor Schreck ganz große Augen und stammelt: »Nein, nein. Schon in Ordnung. Danke.«

Ich lasse es gut sein. Manche Männer müssen die Dinge einfach in ihrem Tempo angehen. Gabe ist offensichtlich einer von ihnen. Aber wenn er zu lange braucht, nehme ich die Sache selbst in die Hand und bringe ihr im Namen ihres Verehrers einen köstlichen frisch gepressten Orangensaft.

Maribel (Leas Mitbewohnerin)

»Was machen sie jetzt?«, flüstert Lea mir zu.

Ich habe als Einzige von uns Gabe und seine Freunde im Blick, weil ich der Spiegelwand gegenübersitze.

»Sie teilen die Rechnung ...«, berichte ich.

»Also, Danny«, sagt Bianca und runzelt die Stirn. »Lea sagt, du behauptest, Gabe sei schwul. Aber würde sich ein Schwuler wirklich so anziehen?«

»Schwule Männer gibt es in den verschiedensten Ausführungen und mit unterschiedlichem Modegeschmack«, erwidert er. »Was ist der Plural von Modegeschmack?«

»Modegeschmäcker?«, schlage ich vor.

Bianca seufzt. »Schon klar. Ach, wahrscheinlich will ich einfach, dass Lea und er ein Paar werden. Aber es ist albern, sie anzufeuern, wenn es ohnehin keinen Sinn hat.«

»Es hat keinen Sinn«, sagt Lea. »Und wenn er doch auf Mädchen stehen sollte, dann auf diese Hillary aus unserem Seminar.«

»Klingt so, als wäre Hillary die Schlampen-Queen von Schwanzhausen«, sagt Danny in einer Art Singsang.

»Das ist aber nicht nett«, sagt Lea und versucht, sich das Lachen zu verkneifen.

Auch Bianca und ich unterdrücken ein Kichern.

»Was machen sie jetzt?«, fragt Lea.

»Ich glaube, sie haben Probleme beim Rechnen«, sage ich. »Vielleicht sollte ich mal fragen, ob ich helfen kann.«

»Wag es nicht!«, droht Lea.

Ich liebe es, sie zu necken.

»Seine Freunde sind süß«, bemerkt Bianca und übergeht Leas Kommentar.

»Leute!«, fleht Lea.

»Oh, Lea, beruhig dich. Ich gehe nicht zu ihnen. Aber ich habe mich gestern mit einem von ihnen unterhalten, diesem Sam. Er ist Gabes Bruder. Der könnte uns bestimmt sagen, ob Gabe schwul ist.«

»Ihr Mädels müsst lernen, mir zu vertrauen! Ich führe euch nicht in die Irre«, sagt Danny.

Bianca neigt nachdenklich den Kopf. »Wenn du meinst.«

»O ja, das meine ich«, entgegnet er vielsagend. Ich weiß jetzt schon, dass ich Danny von ganzem Herzen lieben werde, aber ich glaube, in dieser Angelegenheit liegt er falsch. Ich kenne ihn nur nicht gut genug, um ihm zu sagen, wie falsch er liegt.

Ich habe gestern Abend beobachtet, wie Gabe Lea angesehen hat, und ich glaube, er mag sie wirklich. Ich weiß nur nicht, wie ich das Danny beibringen soll, ohne seine Gefühle zu verletzen.

Die Jungs gehen an uns vorbei zum Ausgang.

»Ich hätte mit ihm reden sollen«, seufzt Lea, stützt das Kinn in die Hand und schaut ihnen nach. »Oder ihn wenigstens grüßen. Das Letzte, was ich zu ihm gesagt habe, war ›Danke‹, als er mir neulich im Seminar meinen Aufsatz zurückgegeben hat.«

»Wenigstens warst du höflich«, sage ich.

»Keine Sorge«, sagt Danny, »du darfst trotzdem zur Hochzeit kommen.«

Inga (Seminarleiterin Kreatives Schreiben)

Cole und ich treffen uns einmal wöchentlich, um über die Themen zu reden, die in der Sprechstunde aufgekommen sind, und um allgemeine Fragen zum Seminar zu klären. Mir ist es wichtig, dass wir uns regelmäßig austauschen und er gut zurechtkommt. Aber Cole ist sehr verantwortungsvoll – es gab bislang nie ein Problem.

Er hat vermutlich erwartet, dass unsere Treffen tiefsinnige, gelehrte Gespräche über Aufgabenstellungen und Notengebung und so weiter sein würden. Und manchmal geht es natürlich auch um solche Dinge. Aber meistens erzähle ich ihm witzige Anekdoten von meinen Wochenendtrips mit Pam, oder er stachelt mich an, wenn ich mich über bestimmte Studenten aus dem Seminar lustig mache.

Er weiß, wie sehr ich Gabe und Lea mag.

»Du hast mir damit was in den Kopf gesetzt«, sagt er. »Letzte oder vorletzte Woche kamen sie nacheinander zu mir in die Sprechstunde, und ich habe total vergessen, dass sie gar nicht wirklich ein Paar sind. Ich habe zu ihr gesagt, sie solle ihren Kavalier nicht warten lassen.«

Ich richte mich erwartungsvoll auf. »Was ist passiert?«

»Tja, sie sahen beide richtig entsetzt aus, und ich habe ungeschickt versucht, meinen Fehler zu vertuschen. Für mich war es schon peinlich genug, ich will mir nicht vorstellen, wie sie sich gefühlt haben.«

»O je!«

Er nickt.

»Ich kann einfach nicht fassen, dass Hillary ihn sich als Partner gekrallt hat«, sage ich kopfschüttelnd. Meine Abneigung gegen Hillary wächst täglich. Ich stelle diese Aufgabe in erster Linie, damit mein aktuelles Projekt-Pärchen Gelegenheit zur Interaktion bekommt. Was kann ich jetzt noch tun? Ich muss sie irgendwie dazu bringen, sich zu verabreden. Vielleicht sollte ich sie in die Sprechstunde bestellen, an einen schön gedeckten Tisch mit den romantischsten Speisen der Welt setzen, und mich aus dem Büro schleichen.

»Ja, das war ein ziemlicher Coup.«

Ich schüttele den Kopf. »Ich wünschte, ich könnte ihnen klarmachen, dass sie füreinander bestimmt sind. Sie verlieren nur Zeit! Das Semester dauert nicht ewig!«

»Wir könnten sie überreden, den Fortgeschrittenenkurs zu belegen«, schlägt Cole vor.

Ich werfe ihm einen anerkennenden Blick zu. »Ich wusste doch, warum ich dich mag. Du bist aus gutem Grund mein Hiwi.«

Er lächelt.

»Du bist ein echtes Genie, Cole. Wer hätte gedacht, dass du so ein Faible für Seminarromanzen hast?«

»Ich hatte jedenfalls keine Ahnung«, erklärt er. »Meinst du, ich könnte es in meinen Lebenslauf schreiben?«

»Ich nehme es in dein Empfehlungsschreiben auf.«

»Großartig«, sagt er.

»Jetzt haben wir nur noch ein Problem.«

Er sieht mich erwartungsvoll an.

»Wie halten wir Hillary davon ab, am Fortgeschrittenenkurs teilzunehmen?«

Bob (Busfahrer)

Nun schau sich mal einer diese beiden an. Steigen alleine ein, steigen alleine aus, gehen alleine ihrer Wege. Junge Menschen sollten nicht so allein sein.

Ich nehme an, dass ihre Freunde in anderen Wohnheimen wohnen und ich nur ein kleines Bruchstück ihrer Leben sehe. Aber wenn sie immer den gleichen Weg gehen, warum gehen sie dann nicht zusammen? Es muss ja nicht die ewige Liebe sein, aber ich finde, sie könnten wenigstens Freunde werden. Das ist doch nicht so schwer.

Sie erinnern mich ein bisschen an mich und meine Frau Margie, damals, als wir jung waren. Ich kann nicht sagen, warum genau, aber ich war auch so ein großer, schlaksiger Typ, vielleicht liegt es daran.

Ich wünschte, ich hätte ein Händchen dafür, Leute zu verkuppeln, oder mir fiele wenigstens irgendein Trick ein, damit sie miteinander reden. Vielleicht ist irgendwann der Bus richtig voll, so dass sie nebeneinander stehen müssen, und dann mache ich eine Vollbremsung, und sie fällt in seine Arme.

Ich werde wirklich albern auf meine alten Tage. Vielleicht sollte ich übers Thanksgiving-Wochenende mal wieder mit meiner Frau in die Berge fahren.

Eichhörnchen!

Das Mädchen ist wieder da!

Hurra!

Ich flitze zu ihrer Bank. Ich putze mich für sie und plustere meinen Schwanz auf. Hoffentlich erkennt sie mich. Hoffentlich hat sie Erdnüsse.

»Hey, Kleiner«, sagt sie.

Ich husche näher.

»Bist du dasselbe Eichhörnchen, mit dem ich mich schon mal unterhalten habe?«

Keinen Schimmer, was du da redest, aber ich liebe dich!

Wir werden die besten Freunde werden.

Vielleicht nimmt sie mich mit in ihr Haus und lässt mich dort herumtoben und in ihrem Bett schlafen.

Ich habe schon viel über Betten gehört. Es klang zauberhaft.

»Magst du Bagels?«, fragt sie.

Ich stelle mich aufrecht hin und sehe ihr in die Augen. Ich habe keine Ahnung, was ein Bagel ist. Hört sich an wie eine Art Nuss.

Es ist keine Nuss. Sondern so etwas wie Brot.

Das ist eine Enttäuschung, aber nur kurz, denn es schmeckt trotzdem köstlich.

Sie wirft mir noch einen Krümel hin.

»Ich warte auf einen Freund«, sagt sie. »Hast du auch einen Freund? Oder eine Familie? Wie ist das Leben eines kleinen Eichhörnchens wohl?«

Sie wirft mir noch einen Krümel hin und klopft sich die Hände ab.

»Da ist er ja! Bis zum nächsten Mal«, sagt sie zu mir.

Was für ein wunderbarer Mensch.

Danny (guter Freund von Lea)

»Hallo, Azalea Fong!«

»Hi, Danny!«, sagt sie und springt von der Bank auf. »Du bist der einzige Mensch, der mich Azalea nennen darf. Abgesehen von meiner Mom. Aber die meldet sich in letzter Zeit total selten.«

Ich ziehe die Mundwinkel nach unten.

»Genug gemeckert. Was gibt's?«, fragt sie.

»Zuallererst, hast du dich gerade mit dem Eichhörnchen unterhalten?«

Sie wirft einen Blick über die Schulter. »Wir sind Freunde.«

»Alles klar«, sage ich nickend.

»Ich mag Eichhörnchen«, erklärt sie und zuckt die Schultern.

»Okay. Als Nächstes möchte ich mich über das Wetter beschweren.«

»Fahre fort«, sagt sie mit ernster Miene.

»Es ist arschkalt heute! War nicht Dienstag noch Sommer?«

»Ich weiß, dass du das als Hyperbel meinst, aber es stimmt,

Dienstag waren es um die zwanzig Grad, und jetzt sind es gerade mal vier. Dienstag war wirklich sommerlich im Vergleich zu heute.«

»Vielen Dank, mein Lieblings-Sprachgenie.«

»Was liegt heute bei dir an?«

»Tja, da die Chancen immer so gut stehen, in deiner Begleitung auf Gabe zu treffen, dachte ich, heute wäre die perfekte Gelegenheit, ihn mal wieder eine Runde zu stalken.«

»Wunderbar«, sagt sie und bleibt an einer Weggabelung stehen. »Aber dir ist schon klar, dass ich ihn nicht einfach herzaubern kann?«

»Ich muss mal wieder einen Blick in mein Postfach werfen, vielleicht fangen wir da an?«

»Los geht's«, sagt sie. Auf dem Weg schweigt sie mehrere Minuten lang.

»Worüber denkst du nach?«, frage ich.

Sie seufzt. »Ach, ich bin bloß neidisch, dass Gabe mit dieser Tussi aus unserem Seminar in einem Team ist. Dabei wollte ich mit ihm arbeiten.«

»Verstehe. Und wie verhält er sich ihr gegenüber?«

»Wie Gabe halt«, sagt sie schulterzuckend. »Ruhig und nett, und er lächelt viel.«

»Klingt ganz nach Gabe«, sage ich, als wir das Postamt betreten. »Heilige Scheiße! Das ist ja, als könnte man ihn herbeizaubern, wenn man nur seinen Namen sagt!«

Sie schaut lächelnd zu, wie Gabe ein paar Umschläge aus seinem Postfach nimmt. Er muss spüren, dass wir ihn ansehen, denn er dreht sich zu uns um und winkt.

»Ich sollte mich wenigstens mit ihm anfreunden, mich im

Seminar mit ihm unterhalten und so. Er ist so lieb und ruhig, und ich mag seine Art … Er ist so höflich.«

»Er ist unglaublich süß«, murmele ich.

»Total«, stimmt sie mir zu. »Und wäre das Wort ›traumhaft‹ angebracht?«

»Auf jeden Fall.«

Er schlägt eine andere Richtung ein, und Lea und ich gehen zurück zur Bushaltestelle.

»Wir hätten ihn noch ein bisschen stalken können«, sagt sie.

»Nein, ist schon in Ordnung. Manchmal reicht mir schon eine kleine Dosis.«

Ich weiß, dass sie mich versteht, auch wenn sie enttäuscht aussieht.

Zugegeben, es besteht der Hauch einer Möglichkeit, dass ich mir bezüglich seiner sexuellen Orientierung etwas vormache. Aber ganz ehrlich, es gibt nicht viele straighte Jungs, die andere Typen auf ihre Jeans ansprechen.

Inga (Seminarleiterin Kreatives Schreiben)

Ein Teil von mir hat immer ein schlechtes Gewissen, wenn ich die Studenten ihre Geschichten oder Essays vortragen lasse. Aber ein anderer Teil von mir weiß, dass es eine großartige Erfahrung ist. Wenn man seinen Text laut liest, bekommt man ein Gespür für die einzelnen Facetten. Etwas zu schreiben ist etwas ganz anderes, als etwas auszusprechen, und man begreift diesen Unterschied nur, wenn man ihn hört. Daher ist es sinnvoll, alles, was man schreibt, laut vorzulesen.

Ich empfehle meinen Studenten, ihren Text erst einmal einem Gegenstand vorzulesen, und dann beispielsweise einem guten Freund oder ihrer Mutter. Und dann ist es an der Zeit, vor die Seminargruppe zu treten. Mittlerweile haben alle aus dem Kurs mindestens einen Text vorgetragen. Alle außer Gabe.

Er hat sowohl mit mir als auch mit Cole über seine Angst gesprochen, etwas vor der Gruppe zu lesen. Ich habe seinen Essay über die Kindheitserinnerung so lange mit ihm überarbeitet, bis er sich beim Gedanken an den Vortrag nicht mehr unterm Tisch verstecken wollte.

Nachdem Hillary ihm ihr Feedback zu seinem Essay gegeben hatte, war er in meine Sprechstunde gekommen und hatte erklärt, er wolle den Kurs abbrechen. Sie habe ihm gesagt, dass er nicht interessant genug schreibt. Ich versicherte ihm, er sei ein talentierter Schriftsteller mit einem ganz besonderen Stil, den vielleicht nicht jeder zu schätzen wisse. Ich bin immer noch stolz auf meine Beherrschung, denn eigentlich hätte ich gerne weit weniger zwischen den Zeilen über Hillary und ihre Strohbirne hergezogen.

Ich trete an seinen Tisch und lächele ihn an, bevor der Unterricht beginnt.

»Gabe, wenn du den Text nicht vorlesen möchtest, lese ich ihn für dich«, biete ich an, obwohl ich das eigentlich nicht tun sollte. Es ist schon Ende November, das Semester ist beinahe rum, und er hat immer noch nichts vorgetragen.

»Nein, nein«, sagt er und knibbelt an der Tischkante herum. »Ich schaffe das. Ich muss mich einfach zusammenreißen.«

»Es ist eine tolle Geschichte. Die zentrale Metapher ist wirklich stark.«

»Falls ich mich übergeben sollte, mach bitte kein Drama daraus, ja?«

»Wie hast du nur die bisherigen Präsentationen in deinem Leben überstanden? Du musst doch wenigstens ein bisschen abgehärtet sein.«

»Ach ja? Ich musste schon viele Präsentationen halten, aber es wird irgendwie mit jedem Mal schlimmer statt besser.«

Ich schenke ihm einen mitfühlenden Blick und beginne mit dem Unterricht.

»Heute wird Gabe uns seinen Aufsatz über eine Kindheitserinnerung vorlesen, den ihr vor zwei Wochen aufbekommen habt. Bitte schenkt ihm eure Aufmerksamkeit.«

Ich setze mich auf einen Platz in der ersten Reihe und höre Victor murmeln: »Verdammt, das wurde aber auch Zeit.«

Gabe stellt sich vor die Tafel und versucht, sich ganz klein zu machen, wodurch er irgendwie noch größer und schlaksiger wirkt. Er lässt die Fingerknöchel knacken und lächelt die Seminarteilnehmer an. Ich sehe, dass das Papier in seinen Händen zittert. Aber er bekommt seine Nervosität in den Griff und beginnt zu lesen.

Es gibt im Internet ein Foto von einem Baum, der um ein Fahrrad gewachsen ist. Die Legende besagt, dass ein Junge sein Fahrrad gegen den Baum gelehnt hat und es dann dort stehen ließ, weil er in den Krieg ziehen musste. Die Geschichte ist nicht ganz wahr, aber wenn ihr das Bild noch nie gesehen habt, solltet ihr es zu Hause googeln. Es ist wirklich faszinierend.

Wenn ich das Bild sehe, muss ich immer an eine Episode denken, die sich ereignete, als ich etwa sechs Jahre alt war. Ich war mit meiner Mom beim Einkaufen. Das war an sich schon denkwürdig, weil ich mit meiner Mutter allein war. Normalerweise war immer mein großer Bruder dabei, oder eine meiner kleinen Schwestern. Ich weiß nicht, ob ich krank und deshalb nicht in der Schule war, oder ob mein Dad zu Hause auf die anderen aufpasste, jedenfalls erinnere ich mich an diesen Tag, weil ich sie für mich allein hatte.

Im Laden sprach ein alter Mann meine Mutter an, und dann wandte er sich an mich und fragte mich nach meinem Namen. Ich versteckte mich hinter meiner Mom, weil ich solche Angst vor Fremden hatte. Vielleicht hatte ich in der Vorschule zu viele Hütet-euch-vor-Fremden-Filme gesehen, so dass es mir in Kombination mit meiner angeborenen Schüchternheit schier unmöglich war, mit Fremden zu sprechen.

Und dieser alte Mann war extrem gruselig, wenigstens für mich als Sechsjährigen. Er sah aus, als würde ihm die Haut vom Gesicht schmelzen, und er roch komisch. Sein spärliches Haar war lang und zottelig, und sein Hemd war falsch geknöpft.

Auf dem Rückweg fragte mich meine Mom, warum ich solche Angst gehabt habe, und sie sagte, dass ich keine Angst haben müsse. Sie kannte den alten Mann, er war ihr Nachbar gewesen, als sie so alt war wie ich. Ich versuchte, ihr meine Vorbehalte wegen seiner Haut *und seiner Haare und seines zerzausten Aufzugs zu erklären, so gut ich das mit dem Vokabular eines Sechsjährigen eben konnte.*

Sie sagte zu mir: »Ach, Gabe. Da wirst du noch rauswachsen. Du wirst dich nicht immer so ängstlich und schüchtern in der Gegenwart von Erwachsenen fühlen.«

Ich weiß noch, wie ich damals dachte, dass ich immer Angst haben würde, dass ich gar nicht wusste, wie ich keine Angst haben sollte. Als ich älter wurde, musste ich immer wieder an diesen Tag zurückdenken. Erst vor kurzem habe ich erkannt, dass meine Mutter recht behalten hat, aber nicht so, wie sie dachte.

Ich habe mit dem Älterwerden etwas von meiner Angst und meiner Vorsicht verloren, aber ich habe nie wirklich meine Schüchternheit abgelegt. Wenn ich darüber nachdenke, glaube ich, dass ich nie aus ihr herauswachsen konnte. Es ist wie mit dem Baum und dem Fahrrad. Ich bin um sie herumgewachsen, und sie ist ein Teil von mir geworden.

Als er fertig ist, wirft er mit gesenktem Kopf einen Blick durch den Seminarraum und schleicht zurück an seinen Platz. Ich muss mich zurückhalten, um ihm nicht überschwänglich Beifall zu klatschen. Als ich zu Lea hinüberschaue, lächelt sie glückselig vor sich hin. Ich sehe ihr förmlich die Herzchen aus den Augen flattern. Wenn so nicht ein verliebtes Mädchen aussieht, dann weiß ich auch nicht. Unmöglich, dass die zwei nicht zusammenkommen.

Sam (Gabes Bruder)

Ich stehe vor der Englischen Fakultät und warte auf Gabe, damit wir endlich zur Thanksgiving-Feier nach Hause fahren können. Ich hatte ihn gebeten, den Kurs ausfallen zu lassen, damit wir noch vor dem Feierabendverkehr loskommen, aber er bestand darauf, Lea zu sehen.

Sie kommt vor ihm aus dem Gebäude, und ich lächele ihr zu.

»Hey«, sagt sie. Ihre Stimme klingt eher wie eine Frage als wie ein Gruß.

»Hi«, erwidere ich lächelnd.

Gabe kommt direkt hinter ihr durch die Tür und beobachtet unseren kurzen Wortwechsel angsterfüllt.

»Na«, sage ich zu ihm und sehe Lea über die Schulter nach. »Hast du mit ihr geredet?«

»Sie hat ›Hey‹ gesagt, ich ›Hi‹. Beste Freunde sind wir noch nicht.«

Er stößt hörbar den Atem aus, den er offenbar angehalten hatte, und wir machen uns auf den Weg zum Parkplatz.

»Müssen wir noch mal zum Wohnheim?«

»Ja. Tut mir leid. Ich wollte nicht mein ganzes Zeug mit ins Seminar nehmen.«

»Verständlich. Aber je länger wir im Stau stecken, desto länger wirst du meinen Musikgeschmack ertragen müssen. Und ich will keine Beschwerden.«

Er verdreht die Augen, und wir steigen ins Auto.

»Wir hätten Lea anbieten sollen, sie mitzunehmen.«

»Ich will mir gar nicht vorstellen, wie unangenehm die Fahrt geworden wäre. Ich hätte stumm dagesessen, und sie …« Er legt sich die Hände über die Augen, als wäre die Welt einfach zu schrecklich.

»Was? Was ist los?«, frage ich, als ich den Motor anlasse.

Er schüttelt den Kopf. »Ich habe heute im Seminar einen Aufsatz vorgelesen. Darüber, wie schüchtern ich bin. Jetzt hält sie mich für den totalen Loser.«

»Ach was, Mädels stehen auf so einen Müll.«

»Echt? Glaubst du wirklich?«

»Klar, sie lieben diesen ganzen sensiblen, sentimentalen Mist.«

»Ich glaube nicht, dass auch nur eine einzige Frau diese Generalisierung gutheißen würde. Außer vielleicht Hillary. Das Mädchen ist eine Karikatur von allem, was auf dieser Welt schiefläuft.«

»Ich bin beeindruckt, Gabe.«

»Wovon?«

»Ich hatte keine Ahnung, dass du Feminist bist, und Worte wie ›Karikatur‹ benutzt.«

Er boxt meinen Arm.

»He, Hände weg vom Fahrer«, scherze ich.

Sein Gesicht wird aschfahl.

»Gabe. Das war ein Witz. Alles gut.«

»Ich weiß, ich weiß.« Er kaut an seinem Daumennagel und starrt aus dem Fenster, während ich mich verfluche, einen Witz übers Autofahren gemacht zu haben. »Sei einfach … vorsichtig.«

Dezember

Charlotte (Barista bei Starbucks)

Heute Nachmittag ist es so voll wie meistens um diese Uhrzeit, aber die Schlange an der Theke ist erstaunlich kurz. Also lasse ich erst mal einem Kollegen den Vortritt und hoffe, dass später, wenn ich mit meiner Pause dran bin, das Chaos ausbricht, und ich lässig rausschlendern kann, wie Mel Gibson, während hinter ihm eine Bombe explodiert.

Vielleicht lieber jemand anderes als Mel Gibson.

Mir wird schon jemand einfallen.

Es ist mal wieder so eine schreckliche Schicht ohne Keith oder Tabitha. Tabitha würde heute auf ihre Kosten kommen, weil Lea da ist, was bedeutet, dass jede Sekunde auch Gabe hereinspazieren wird. Und da erscheint er auch schon, wie aufs Stichwort. Er wirft ihr einen Blick zu und stellt sich in die Schlange.

Ich bin ihm gegenüber in letzter Zeit etwas wohlwollender eingestellt. Ich weiß selbst nicht, warum. Vielleicht ist es die weihnachtliche Atmosphäre, oder vielleicht habe ich schließlich doch den Verstand verloren. Ich bin heute für Tee und Kakaogetränke zuständig, deshalb werde ich ihn wohl nicht bedienen. Er ist ein Kaffee-Typ. Ich bin fast ein bisschen enttäuscht, weil ich gerne getestet hätte, ob er mittlerweile normaler drauf ist.

Zu meiner immensen Überraschung bestellt er eine Peppermint Hot Chocolate. Ich bin so perplex, dass ich fast den Becher fallen lasse, als ich den Namen »Gabe« an der Seite entdecke. Er geht ans Ende der Theke und lehnt sich lässig dagegen.

»Hi«, grüße ich ihn.

Er nickt mir zu und lächelt kurz.

»Peppermint Hot Chocolate?«, frage ich.

Er starrt meine Lippen an. Ich glaube nicht, dass irgendwer jemals so intensiv meine Lippen angestarrt hat. Nicht mal der Typ, der in der elften Klasse unsterblich in mich verliebt war.

»Die ist echt gut. Ich gebe dir einen Extra-Spritzer Minze obendrauf, dann ist sie noch besser«, sage ich verschwörerisch. Er starrt weiter meine Lippen an und zieht in wachsender Verwirrung die Augenbrauen hoch. Vermutlich kann er mich über den Milchschäumer hinweg nicht hören.

»Wie läuft das Semesterende?«, versuche ich erneut mein Glück.

Er zuckt die Schultern.

»Ja, so geht's mir auch.« Dieser Test bringt nicht die gewünschten Ergebnisse, und ich fühle, wie meine aufkeimende Hoffnung für ihn und Lea schwindet. Verdammt, Tabitha hat mich echt einer Gehirnwäsche unterzogen.

»Mit Sahne?«, frage ich.

Er zieht die Brauen noch stärker zusammen, blinzelt, und dann gibt er auf.

»Wie bitte?«, fragt er und schaut mir in die Augen.

»Möchtest du Schlagsahne?«, frage ich und halte die Sprühflasche hoch.

»Oh, ja.« Er stockt und leckt sich über die Lippen. »Ich höre hier drin manchmal nicht so gut.«

»Kein Ding. Es ist auch echt laut hier.«

Er nickt und nimmt sein Getränk entgegen. »Danke«, sagt er.

Die Schlange ist noch kürzer geworden, und da ich gerade keine Getränke auf der Liste habe, beobachte ich Gabe auf seinem Weg durch den Raum. Es gibt nicht viele freie Plätze. Ein kleiner Tisch direkt neben Lea ist frei. Er bleibt kurz stehen und starrt ihn an, und seine Gedanken sind ihm deutlich ins Gesicht geschrieben. Er sieht aus, als versuche er mithilfe einer mathematischen Gleichung zu errechnen, wie er auf diesen Stuhl kommt. Er ändert den Kurs und landet an einem weiter entfernten Tisch, und als er sich setzt, schaut Lea hoch.

Sie winken sich zu.

Sie wirft einen flüchtigen Blick auf den Platz, den er verschmäht hat, und ich frage mich, was da zwischen ihnen läuft. Wie wir über sie tratschen ist natürlich albern. Aber ich frage mich ernsthaft, wie es möglich ist, dass sie sich solche Blicke zuwerfen und doch nichts kapieren. Es ist irgendwie traurig. Ich nehme mir vor, ab morgen wieder von den beiden genervt zu sein, aber vorerst gebe ich mich der Melancholie hin.

Dann muss ich zwei Caramel Hot Chocolate und einen Chai Tea Latte machen. Bald ist es Zeit für meine Pause, und an der Tür bimmelt das Glöckchen. Die Uhr der beiden tickt. Und meine auch.

Frank (Lieferbote vom China-Imbiss)

Schon wieder eine Bestellung aus dem Wohnheim. Ernsthaft, diese beiden Streithähne sollten ihren Stress mal regeln und gemeinsam bestellen. Ich bin es leid, zweimal am Tag hierherzufahren. Das ist schon das dritte Mal in diesem Monat.

»Hey«, sage ich, als das Mädchen kommt, um ihre Bestellung entgegenzunehmen.

»Hey«, erwidert sie und gibt mir das Geld.

»Hast du dich mit deinem Freund gestritten?«

»Mit wem?«, sagt sie und schaut mich fragend an.

»Du weißt schon, der Typ, der auch hier wohnt.«

»Gabe? Der ist nicht mein Freund.« Das sagt sie so schnell, dass ich aus ihrer Reaktion schließe, dass sie ihn mag.

»Er hat vor etwa einer Stunde was bestellt, das Gleiche wie letztes Mal. Ihr solltet euch einfach zusammentun.«

»Aber wir sind nicht zusammen«, protestiert sie.

»Macht doch nichts.«

»Das verstehe ich nicht.«

»Ich bin zwar kein Paartherapeut, aber zwischen euch beiden herrscht … eine seltsame Chemie. Ich sehe so was. Ich habe das dritte Auge.«

Sie bedenkt mich mit einem empörten Blick.

»Weißt du, ich kann Dinge sehen. Und ihr beide habt etwas. Ich weiß auch nicht. Es kommt dir vielleicht verrückt vor, aber ich bin sicher, wenn du ihn fragst, ob er mit dir bestellen will, ist er dabei.«

»Ich …« Sie unterbricht sich und schüttelt den Kopf. »Danke.«

Dann geht sie, und ich fühle mich wie der totale Vollpfosten. Aber ich musste etwas sagen. Meine Großmutter hätte es mir nicht verziehen, wenn ich geschwiegen hätte. Ich habe diese Begabung von ihr.

Hillary (Seminarteilnehmerin Kreatives Schreiben)

Heute ist die letzte Seminarsitzung. Ich kann nicht glauben, dass das Semester vorbei ist und Gabe mich immer noch nicht gefragt hat, ob ich mit ihm ausgehen will. Ich meine, was soll das? Ich war mir sicher, dass er total auf mich steht.

Inga bittet die Gruppe um Ruhe und gibt einen dicken Stapel Hausaufgaben zurück, die sie anscheinend gehortet hatte. Dann lässt sie zwei Studenten die letzten Aufsätze vortragen. Als sie fertig sind, klatscht sie in die Hände.

»So, liebe Leute, das war's. Ich erinnere euch daran, dass eure Abschlussarbeiten in einer Woche eingereicht werden müssen. Und ich will sie auf Papier, nicht per Mail im letzten Moment vor der Deadline. Ich bin am Dienstag von zehn bis zwölf in meinem Büro. In dieser Zeit könnt ihr eure Arbeiten abgeben oder sie in mein Postfach im Sekretariat der Englischen Fakultät werfen.«

Victor stöhnt. Zugegeben, Victor hat meinen Respekt. Er macht keinen Hehl aus seiner Meinung.

»Gibt es ein Problem, Victor?«

»So eine Papierverschwendung«, murmelt er.

Inga sieht ihn fragend an. »Die Abschlussarbeiten habe ich nun mal gerne ausgedruckt.«

»Ich meinte nicht ...« Er unterbricht sich und verdreht die Augen. »Ist ja auch egal.«

Inga starrt ihn eine Sekunde lang an, und ich hoffe, er insistiert. Ich liebe Dramen.

»Also, diese Texte sind nicht gerade kurz. Ich habe sie in der Vergangenheit auch per Mail angenommen, aber dann habe ich sie letztlich doch ausgedruckt. Ihr haltet mich vielleicht für steinzeitlich, aber es macht einen Unterschied, ob man einen Text auf Papier oder auf dem Bildschirm liest. Und wenn ich auf Papier lese, gebe ich meistens bessere Noten.«

Auf Victors Gesicht macht sich ein Lächeln breit.

»Sonst noch etwas?«, fragt Inga.

Schweigen.

Ich bemerke, dass Gabe kribbelig ist. Seine Füße wippen gegen Victors Stuhl. Ich sehe förmlich den Dampf aus Victors Ohren steigen. Inga bemerkt nichts.

»Tja, dann ist die Stunde hiermit beendet. Ich weiß, dass es früh ist, wenn ihr also noch Fragen habt, kann ich die gerne beantworten. Andernfalls schlage ich vor, dass ihr die Zeit für eure Abschlussarbeiten nutzt.«

Sobald Inga fertig ist, dreht Victor sich auf seinem Stuhl um, und starrt erst Lea und dann Gabe an.

»Hört mal, wenn ihr zwei euch so wahnsinnig toll findet,

dann solltet ihr einfach mal zur Sache kommen und aufhören, alle anderen zu nerven.«

Ich schnappe nach Luft. Ich kann nicht anders. Ich muss fast lachen, denn ernsthaft, wie kommt Victor auf die Idee, dass zwischen Gabe und Lea was läuft? Sie sehen sich eine Sekunde lang an, dann springt Gabe auf und sucht fluchtartig das Weite. Lea lässt sich Zeit, ihre Sachen einzupacken, und Victor schimpft leise vor sich hin.

Vielleicht fragt mich Gabe vorerst nicht, ob ich mit ihm ausgehen will.

Victor (Seminarteilnehmer Kreatives Schreiben)

Das Mitternachtsfrühstück ist definitiv ein Highlight des Jahres. Keine Ahnung, warum mitten in der Nacht alles so viel besser schmeckt als morgens, aber es ist einfach genial. Ich werde die ganze verdammte Nacht lang Toast, Omelett und Kartoffelpuffer in mich reinschaufeln.

Vor lauter Vorfreude entgeht mir zunächst, dass eine meiner verhasstesten Personen vor mir in der Schlange ist. Da steht doch tatsächlich die Giraffe und türmt sich unverschämt viele Kartoffelpuffer auf den Teller.

Als sie zum Getränketresen weitergeht, kommt Big Foot persönlich daher und stößt mit ihr zusammen.

Na klar.

Ihr volles und sein fast leeres Tablett fallen mit lautem Geschepper zu Boden, und Glassplitter und Essen fliegen in alle Richtungen.

Ich vergieße ein paar Tränen um die guten Kartoffelpuffer.

Ich trete zur Seite.

Ihre Sauerei versperrt mir den Weg, und ganz ehrlich, ich habe gerade keine Lust, mich mit ihnen auseinanderzusetzen. Hoffentlich kommt bald ein Aufseher und jagt sie zum Teufel. Ich bereue absolut nicht, was ich neulich zu ihnen gesagt habe, aber ich habe auch keine Lust, mich mit Big Foot um die Ehre seiner Frau zu duellieren oder so. Er wäre voll der Typ dazu.

Ich verkrieche mich in die Lücke zwischen der Wand und dem Wasserspender und höre zu, wie die beiden sich Entschuldigungen zuzwitschern.

»Es tut mir so leid«, piepst sie.

»Nein, nein, es war meine Schuld«, gurrt er.

Warum muss ich mir das anhören? Ich muss ein miserables Karma haben, aber ich weiß nicht, weshalb. Ich bin ein guter Mensch! Ich werde manchmal ein bisschen ungeduldig, aber wer wird das nicht?

»Du kniest in Sirup«, sagt sie mit seltsam atemloser Stimme, als wäre das ein wunderschöner Satz, der in Kreuzstich auf ein Kissen gestickt werden müsste oder so.

Anscheinend antwortet er nicht, weil ich sie wieder höre. »Dein Knie.«

»Och, nichsoschlimm«, nuschelt er.

Können diese zwei endlich aufhören? Ich suche nach einer Fluchtmöglichkeit, aber hier führt einfach kein Weg raus. Ich könnte versuchen, mich an ihnen vorbeizuquetschen, aber sie blockieren den gesamten Durchgang. Und alle anderen meiden den Bereich wegen des Durcheinanders am Boden, also ist noch nicht einmal jemand da, der sie von mir ablenken könnte.

»Ich wollte nur sichergehen, dass du nicht in Glasscherben kniest«, sagt sie, noch immer mit ihrer Kreuzstich-Stimme.

»Tue ich nicht.« Wenigstens bringt er die Dinge auf den Punkt, das macht ihn ansatzweise sympathisch. Ich spähe um die Ecke. Als ich sehe, wie er sie mit traurigen Augen anstarrt, nehme ich diesen Gedanken wieder zurück. Ich frage mich, ob ich hier je wieder rauskomme. Ich riskiere noch einen Blick.

»Ich glaube, da drüben sind noch ein paar kleine Scherben«, sagt er.

»Ja, aber hier müsste alles weg sein.«

»Ist bei dir alles in Ordnung?«

»Ja, alles gut. Und bei dir?«

»Ja. Bis auf meine Jeans …«, sagt er mit seinem dümmlichen kleinen Grinsen.

Endlich kommt der Aufseher, und ich denke, die beiden könnten ihm ja mal Platz machen. Aber nein, sie stehen da und halten ein Schwätzchen. Wunderbar.

Sie entschuldigen sich beim Hausmeister, der sie wegschickt, und sagt, sie hätten vorbildlich aufgeräumt. Die Leute müssen endlich mal aufhören, so nett zu ihnen zu sein.

Dann folgt der größte Moment der Idiotie, den ich je erlebt habe. Die Giraffe wendet sich zu Big Foot und sagt mit klimpernden Wimpern: »Ich bin übrigens Lea. Ich hätte mich schon vor hundert Jahren mal vorstellen sollen.«

Ich würde am liebsten den Kopf gegen die Wand schlagen. Warum verziehen sie sich nicht endlich?

»Gabe.«

Ich schüttele den Kopf, verdrehe die Augen und kann mich nur mit Mühe zurückhalten, den Kopf so hart gegen die Wand zu donnern, dass erleichternde Bewusstlosigkeit einsetzt.

»Ich wollte dich im Seminar ansprechen, aber es kam mir irgendwie komisch vor. Als würden wir uns schon kennen. Und je länger ich gewartet habe, desto komischer fühlte es sich an, und außerdem wohnen wir im selben Gebäude, und du wirktest nicht so, als ob du dich mit mir unterhalten wolltest, und ich wollte dich nicht belästigen. Ich höre jetzt auf zu reden.«

Ich starre die Decke an und bete, dass sie auf mich herabfällt.

»Ich, äh … wollte dich auch nicht belästigen.«

»Also … vielleicht sollten wir uns dann doch mal gegenseitig belästigen?«

Ich nehme die Gabel von meinem Tablett und tue so, als würde ich mir ein Auge ausstechen.

»Ich gehe jetzt.«

GOTT SEI DANK.

»Oh, klar. Klar«, sagt sie.

»Gehst du auch nach Hause? Wir könnten, ähm, zusammen gehen.«

GEHT EINFACH.

»Äh, nein. Maribel, meine Mitbewohnerin, wartet auf mich, wir müssen noch eine Weile lernen. Ich wollte uns Kartoffelpuffer holen.«

»Ach so.«

»Aber wir sehen uns?«

»Ja, klar.«

Gleich komme ich hier raus. Ich fühle mich, als würde ich aus dem Gefängnis entlassen. Vielleicht werde ich den Boden küssen.

»Gabe?«

Nein.

»Ja?«

»Dein Essay hat mir wirklich gut gefallen. Über das Schüchternsein. Ich meine, ich mochte alle deine Texte, die ich gelesen habe, aber der war besonders gut.«

Er sagt nichts.

»Ich habe im Internet nach dem Baum gesucht. Er ist faszinierend.«

Er gibt einen seltsamen, erstickten Laut von sich. Vielleicht sollte ich ihn auch endlich erlösen.

»Also, jedenfalls, wenn wir uns nicht mehr sehen, schöne Ferien«, sagt sie.

»Ja, dir auch.«

Endlich. Ich mache mich auf den Weg zu meinen Freunden, denen nicht mal aufgefallen ist, dass ich so lange weg war. Und natürlich ist mein Omelett kalt.

Maribel (Leas Mitbewohnerin)

»He, wo warst du so lange?«, frage ich, als Lea an unseren Tisch zurückkommt. »Ich dachte schon, du hättest mich mit dem ganzen Krempel hier sitzen lassen. Du hast echt 'ne Menge Zeug.« Ich betrachte den Tisch. Sie hat stapelweise Notizblöcke, Karteikarten und farbige Marker mitgebracht. Ich glaube, sie leidet unter Schreibwarensucht im fortgeschrittenen Stadium.

Sie schüttelt den Kopf und grinst von einem Ohr bis zum anderen. »Gerade ist was Wahnsinniges passiert.«

»Echt? Was? Gibt es endlich Smoothies?«, frage ich und beuge mich vor, um die Essensausgabe sehen zu können. »Ich habe gehört, dass es Smoothies geben soll. Und wo sind überhaupt die Kartoffelpuffer?«

»Maribel«, sagt Lea ernst. »Gabe war hier.«

»Oh! Wie toll!«, sage ich. Na ja, so toll nun auch nicht. Jetzt kommt wieder so eine Geschichte, wie sie ihn angehimmelt hat, während er aus dem Fenster geschaut hat, oder so. So ähnlich klingen alle Storys über Gabe. Ich habe schon überlegt, ob ich ihr nahelegen soll, sich ein anderes Objekt der Begierde zu suchen.

»Wir haben uns unterhalten«, sagt sie mit großen Augen.

Das ist neu. »Was ist passiert? Bitte alle Einzelheiten.«

»Okay«, sagt sie, setzt sich aufrecht hin, faltet die Hände auf dem Tisch und beugt sich vor, um mir alles genau zu erzählen. »Also, ich kam gerade mit einer Portion Puffer von der Essensausgabe, und habe gar nicht gemerkt, dass mir jemand entgegenkam.«

»Das sieht dir ja gar nicht ähnlich. Normalerweise achtest du pedantisch auf Verkehrsregeln, sogar abseits der Straße.«

»Ja, oder?«, sagt sie. »Also, aus der anderen Richtung kommt Gabe, und wir stoßen zusammen, und unsere Tabletts fallen auf den Boden, und es gibt ein Riesenchaos.«

»O nein!«, sage ich, obwohl ich innerlich erleichtert bin, dass ich das Chaos nicht beseitigen musste. Manchmal bin ich eine schreckliche Freundin.

»Er hat sich sofort gebückt und angefangen, aufzuräumen und die Scherben aufzusammeln. Ich habe einen Mülleimer und Servietten geholt, um aufzuwischen. Als ich mich neben ihn gehockt habe, hat er gesagt, dass es ihm leidtut. Und dann haben wir beide immer wieder gesagt, dass es uns leidtut. Und dann habe ich ihm gesagt, dass er in Ahornsirup kniet, und erst hat er mich nicht gehört, aber dann hat er gesagt, dass das nicht so schlimm ist.«

Ich nicke die ganze Zeit, weil ich die Hoffnung nicht aufgebe, dass diese Schilderung noch irgendwo hinführt.

»Dann kam der Hausmeister und meinte, dass er den Rest saubermacht. Und dann hat Gabe mir die Hand gereicht und mir hochgeholfen!«

»Das ist süß«, sage ich, und ich meine es wirklich. Ich lächele und nehme an, dass die Geschichte damit zu Ende ist.

»Und dann!«, sagt sie, und ihre Augen werden noch größer.

»Halt, halt, halt! Es gibt ein ›Und dann‹?«

»Ja! Sogar mehr als eins!«, ruft sie. »Dann steht Gabe ein bisschen unentschlossen rum und wischt sich die Hände ab, also stehe ich auch ein bisschen rum und beschließe, mich vorzustellen, weil ich das nie richtig getan habe. Und er sagt, dass er Gabe ist. Und dann habe ich gefaselt, dass ich ihn schon längst ansprechen wollte, aber dass ich ihn nicht belästigen wollte. Und als ich gerade dachte, dass ich gleich vor Peinlichkeit sterben würde, hat er gesagt, dass er mich auch nicht belästigen wollte.«

Sie hält inne, strahlt, und ich denke wieder, dass die Geschichte jetzt zu Ende ist. Gar nicht schlecht, dafür, dass sie vorher noch nie miteinander geredet haben.

»Und dann hat er mich quasi gefragt, ob ich mit ihm nach Hause gehen will!«

»Warum hast du nein gesagt?«

»Na, weil du hier bist und ich dich nicht allein lassen wollte.«

»Verdammt! Dass ich hier bin! Und dass du so eine gute Freundin bist und mich nicht allein lassen wolltest!«

»Ist schon in Ordnung, Mar. Es wäre bestimmt sowieso komisch geworden.«

»Vielleicht auch nicht«, sage ich.

»Und dann habe ich ihm gesagt, dass mir sein Essay gefallen hat, und dass ich mir das Foto von dem Baum im Internet angeschaut habe, und er sah total verlegen aus. Und das Ergebnis der ganzen Episode ist, dass ich ihn unbedingt umarmen will.«

»Dieses Ergebnis gefällt mir«, sage ich grinsend.

»Er ist so schüchtern. Ich meine, ich wusste ja, dass er schüchtern ist, aber irgendwie, so aus der Nähe, obwohl wir nur zu zweit waren, wirkte er sogar noch schüchterner. Richtig angespannt und ängstlich. Ich glaube, er war fast erleichtert, als ich meinte, dass ich noch bleiben muss.«

»Nach allem, was du mir über ihn erzählt hast, passt das.«

»Und dann wäre ich in meinen Tollpatschig-und-zurückhaltend-Modus verfallen, oder noch schlimmer, in den Ich-muss-irgendwie-die-Stille-füllen-Modus, und es wäre ein schrecklicher Heimweg geworden.«

Ich sehe sie mitfühlend an. In diese beiden Zustände verfällt sie des Öfteren.

»O Gott, ich mag ihn so. Was soll ich machen?«, fragt sie und ringt dramatisch die Hände.

»Es ist an der Zeit, zur Tat zu schreiten!«, sage ich und haue mit der Faust auf den Tisch.

Sie setzt sich aufrecht hin. »Ich glaube, das ist es. Aber Danny hat gesagt, dass er nicht auf Mädchen steht. Da lässt sich nichts machen.«

»Dafür brauchen wir erst mal einen Beweis. Dieses Puzzleteil passt noch nicht. Wir finden das heraus, okay?«

»Du bist so nett zu mir. Warum bist du so nett zu mir?«

»So bin ich eben«, sage ich schulterzuckend. »Wir bitten Bianca um Verstärkung. Sie ist bei so was super. Sie ist wie eine FBI-Agentin. Immer bereit, zum Wohle der Allgemeinheit Fakten über mysteriöse Jungs ans Licht zu bringen.«

»Es ist einfach bescheuert, dass ich ihn so mag. Bevor er diesen Essay vorgelesen hat, konnte ich mich ja noch einigermaßen beherrschen. Aber jetzt …«

»Lea, beruhig dich. Wir lassen uns was einfallen, und du wirst glücklich werden.«

»Weißt du, normalerweise würde ich sagen: ›Klingt super, aber was, wenn er ein Arschloch ist?‹ Aber ich weiß einfach, dass er kein Arschloch ist.«

»Nein, das ist er offensichtlich nicht.«
»Uh, aber weißt du, wer ein Riesenarschloch ist?«
»Wer?«
Sie deutet mit dem Kinn ein paar Tische weiter.
»Wer ist das?«
»Victor aus unserem Seminar.«
»Der Typ, der euch neulich so blöd angeschnauzt hat?«
»Genau der.«
»Vollidiot.«
»Das kannst du laut sagen.«

Casey (Kumpel von Gabe)

Gabes einundzwanzigster Geburtstag fällt mitten in die Prüfungsphase. Ich habe ein schlechtes Gewissen, weil ich zwischen den Klausuren nicht groß mit ihm feiern gehen kann, aber immerhin treffen wir uns auf eine Pizza und ein paar Bier.

»Alles Gute zum Geburtstag«, sage ich und hebe mein Glas, um ihm zuzuprosten.

»Danke«, sagt er und nimmt einen Schluck. »Schade, dass Sam nicht da ist.«

»Ja, aber er hat versprochen, es wiedergutzumachen.«

»Klingt beängstigend.«

Ich lache. »Wann bist du mit den Prüfungen durch?«

»Zwei Klausuren sind schon vorbei, heute Morgen hatte

ich eine mündliche Prüfung, Montag ist die Statistikklausur, und bis Donnerstag muss ich meine Abschlussarbeit für Kreatives Schreiben abgeben.«

»Hast du die schon fertig?«

»Ich hab nicht mal angefangen«, gesteht er zwischen zwei Bissen Pizza. »Ich wollte erst alles andere vom Tisch haben. Die anderen Kurse machen mir mehr Sorgen. Wegen Statistik stehe ich kurz vorm Nervenzusammenbruch.«

»Wenn du willst, kann ich am Wochenende mit dir lernen.«

»Das wäre super«, antwortet er. »Mein Kopf ist schon ganz wirr.«

Ich nicke.

»Ich, ähm … Ich habe gestern Abend mit Lea geredet«, sagt er.

»Und das sagst du erst jetzt!«

»Na ja, es waren nur zehn Minuten.«

»Trotzdem, zehn Minuten sind lang.«

»Sie war … echt nett.«

»Wie immer.«

»Wir waren beim Mitternachtsfrühstück«, erklärt er.

»Warum war ich da nicht eingeladen?«

»Ich dachte, du hättest keine Lust.«

»Du hättest mir eine SMS schreiben können.«

»Okay, nächstes Mal denke ich dran.«

»Gut. Freut mich, dass du lernfähig bist.«

»Wir sind ineinander gerannt. Es war hauptsächlich meine Schuld. Mein Ellbogen hat mich einfach im Stich gelassen.«

Ich nicke verständnisvoll. »Dieser Scheiß-Ellbogen.«

»Der macht mir schon ewig das Leben zur Hölle«, sagt er

und verdreht die Augen. »Aber jetzt hat er mir wenigstens die Chance verschafft, mit Lea zu sprechen.«

»Positive Einstellung, gefällt mir.«

»Also jedenfalls … Als wir alles saubergemacht hatten, war sie so … süß. Sie hat sich vorgestellt, als würden wir uns nicht kennen. Aber total bescheiden.«

Ich lächle. »Klingt ganz nach deinem Typ.«

»Voll. Und sie hat etwas in der Richtung gesagt, dass sie mich nicht belästigen wollte, und ich musste mich echt zurückhalten, um sie nicht anzuschreien, dass sie mich nie belästigen könnte. Stattdessen habe ich gesagt, dass ich sie auch nicht belästigen wollte. Und dann haben wir einfach nur dagestanden.« Er schüttelt den Kopf und wird rot. »Ich habe ihr angeboten, sie nach Hause zu begleiten, aber sie war mit ihrer Freundin da und musste noch bleiben.«

Er starrt auf den Tisch.

»Klingt nach einer guten Interaktion.«

»War es auch. Sie hat gesagt, dass ihr mein Essay gefallen hat.«

»Eine sehr gute Interaktion.«

»Findest du, dass das übertrieben war? Dass ich vorgeschlagen habe, sie nach Hause zu bringen?«

»Ach was. Ihr wohnt im selben Wohnheim. Das war zuvorkommend. Ich würde sogar sagen, das war gentlemanmäßig.«

»Cool.« Er schweigt kurz und kratzt sich am Kopf. »Ich hatte Probleme, sie zu verstehen.«

Ich nicke, aber ich sage nichts. Nach den Anspielungen auf sein Ohr und den Ellbogen kommt er vielleicht endlich mal auf etwas Wesentliches zu sprechen. Er ist wie ein Reh. Ich will ihn nicht durch abrupte Bewegungen verschrecken.

»Es ist so … ich werde so nervös. Und ich weiß nicht, wo ich hinschauen soll. Meine Ohren sagen: ›Schau auf ihren Mund‹, und meine Augen sagen: ›Schau bloß nicht auf ihren Mund!‹ Ich hatte mir so angewöhnt, Leute nicht anzusehen – es ist schwer, das jetzt zu ändern.«

O Mann, er sieht so traurig aus. Ich weiß nicht, wie ich ihm helfen soll. Normalerweise behält er alles für sich, und jetzt sagt er mal was, und ich kriege Panik und habe keine Ahnung, was ich machen soll. Ich bin der schlechteste Freund aller Zeiten.

Vielleicht hilft ein Witz?

»Was ist mit deiner Nase? Hat die auch ein Mitspracherecht? Oder deine Fußnägel, Gabe?«

»Halt's Maul, sei kein Arschloch«, sagt er, aber immerhin lächelt er jetzt. Und er ist nicht gekränkt.

»Ich bin sicher, deine Eier haben auch eine Meinung.«

Er lacht. »Ich weiß, es ist bescheuert.«

»Es ist nicht bescheuert«, sage ich schulterzuckend. »Es ist vielleicht ein bisschen unbegründet. Du musst tun, was gut für dich ist. Und dir nicht zu viele Gedanken machen.«

»Ja, du hast recht.«

»Ich habe immer recht.«

»Sie ist … echt hübsch. Aus der Nähe ist sie sogar noch hübscher.«

»Ich muss dich darauf hinweisen, dass du sie schon des Öfteren aus der Nähe gesehen hast.«

»Ja, aber diesmal war es anders«, sagt er lächelnd. Dann verzieht er wie vor Schmerzen das Gesicht und reibt sich die Nasenwurzel. »Mein Aufsatz war echt so eine Weichei-Kacke. Darüber, dass ich so schüchtern bin. Jetzt komme ich mir blöd vor, weil sie sich daran erinnert. Und mich für ein Weichei hält.«

»Ich glaube, das könnte Vorteile für dich haben.«

»Das hat Sam auch gesagt.« Er sieht mich an, und seine Züge entspannen sich wieder. »Wie meinst du das?«

»Das heißt, sie weiß, dass du schüchtern bist, aber sie findet es offensichtlich nicht schlimm, sonst hätte sie es nicht angesprochen.«

»Hm, so habe ich das noch gar nicht gesehen«, sagt er und sieht beeindruckt aus. »Willst du noch Pizza?«

»Auf jeden Fall.«

Als er zurück an den Tisch kommt, kann ich die Klappe nicht halten. »Du weißt doch, dass ich dich nur ärgere, weil ich dich so mag, oder?«

»Ja, ja, schon klar.«

»Nein, ich meine es ernst, Gabe. Es tut mir leid, wenn du gerade den Eindruck hattest, dass ich die Sache runterspiele. Ich will nur nicht, dass du dich so fertigmachst«, sage ich, meine Worte vorsichtig wählend.

»Ich weiß. Ich arbeite dran.«

»Cool.«

Er nickt und holt tief Luft. »Könntest du mir vielleicht mit dieser Lea-Sache helfen? Ich weiß nicht, wie ich es angehen soll.«

»Na klar«, sage ich. »Ich gebe dir Nachhilfe in Statistik und im Weiberflachlegen.«

»Du bist so ein Idiot«, sagt er. »Vergiss es. Ich frage Bailey.«

»Bloß nicht!«

»Oder Sam.«

»Ich kriege mehr Mädels rum als Bailey und Sam zusammen!«

Er macht ein zweifelndes Gesicht, und wir wechseln das Thema.

Eichhörnchen!

Es riecht nach Schnee, und ich kann mich nicht erinnern, wo ich meine Eicheln versteckt habe.

Der Junge und das Mädchen gehen aufeinander zu, aber sie sehen sich noch nicht. Ich hoffe, sie lächeln sich an.

Ich glaube, sie lächeln sich an.

Ich frage mich, ob sie wissen, wo meine Eicheln sind.

Am Gebäudeeingang bleiben sie zusammen in der Kälte stehen.

»Hi, Gabe.«

»Hi, Lea.«

Da fällt mir ein, dass ich hinter dem großen Busch welche versteckt habe, als ich die beiden das letzte Mal gesehen habe. Aber als ich sie das letzte Mal gesehen habe, haben sie noch nicht miteinander geredet. Vielleicht werden sie jetzt Freunde!

Eicheln sind meine Freunde!

Inga (Seminarleiterin Kreatives Schreiben)

Ich blicke von meiner Korrekturarbeit auf, und durchs Bürofenster sehe ich Gabe und Lea lächelnd und mit roten Gesichtern vor dem Gebäude stehen. Unglaublich, dass sie gleichzeitig hier sind. Ich bin plötzlich so aufgekratzt, dass es mir schon peinlich ist. Niemand sollte so an einer Beziehung Anteil nehmen, die nicht die eigene ist.

Ich ermahne mich also, cool zu bleiben, während ich endlose Minuten warte, bis sie den Weg zu meinem Büro zurückgelegt haben. Dann sehe ich, wie er ihr die Tür aufhält.

»Hallo ihr zwei!«, sage ich, als sie reinkommen.

»Hi«, sagt Lea.

Gabe winkt kurz.

»Wir, ähm … ich meine, *ich* wollte meine Arbeit abgeben. Ich weiß nicht, warum Gabe hier ist«, sagt Lea, und ihr Gesicht wird noch röter.

»Ich auch«, erklärt er.

»Seid ihr nicht zusammen gekommen?«, frage ich enttäuscht.

»Nein, nein, wir sind uns draußen über den Weg gelaufen«, erklärt Lea. Aber sie kann die Augen nicht von ihm lassen, während er in seinem Rucksack nach seinem Aufsatz sucht.

»Schneit es schon?«, frage ich, weil ich sie noch ein bisschen hierbehalten will.

»Nein.« Lea schüttelt den Kopf. »Aber es riecht so, als könnte es.«

»Als könnte es was?«, fragt Gabe und sieht Lea an.

»Als könnte es bald schneien«, erklärt sie geduldig.

»Ich wusste nicht, dass es schneien soll.«

»Es wurde vorhergesagt, dass es vielleicht einen Schneesturm gibt«, erklärt sie.

»Kalt genug ist es«, sagt Gabe.

Ich fühle mich wie ein Eindringling bei ihrem Gespräch, so banal es auch ist, aber sie halten immer noch krampfhaft ihre Abschlussarbeiten fest, und ich will sie nicht unterbrechen. Vielleicht erlebe ich gleich exklusiv, wie sie ihr allererstes Date ausmachen. Ich verfolge ihr Gespräch, als wäre es ein Match in Wimbledon.

»Hast du alle Prüfungen hinter dir?«, fragt Lea. Ach du liebe Zeit, vielleicht fragt sie ihn tatsächlich gleich vor meinen Augen, ob er was mit ihr unternehmen will. Ich hatte noch nie zuvor das Glück, bei diesem Moment dabei zu sein. Ganz ruhig, Inga, sei still, verschreck sie nicht.

Er nimmt seine Mütze ab, unter der eine beachtliche Strubbelmähne zum Vorschein kommt. »Ich, äh … ja.«

»Bist du heute Abend noch da? Meine Freunde und ich wollen ausgehen.«

Er lässt die Schultern hängen und zieht die Mundwinkel nach unten. »Ich hatte letzte Woche Geburtstag«, erklärt er. »Und ich habe meiner Mutter versprochen, schon heute nach Hause zu kommen, damit wir nachfeiern können. Weil sie mich letzte Woche nicht gesehen hat. Sie hat Kuchen gebacken und so. Ich, äh, na ja …« Er unterbricht sich, und ich hoffe, Lea kann sehen, wie leid es ihm tut. Und dass er sich keine Ausrede ausdenkt.

»Dann alles Gute nachträglich«, sagt sie und lächelt.

»Danke«, sagt er und lächelt auch. Schließlich gibt er sich einen Ruck. »Wir sollten mal unsere Arbeiten abgeben.«

»Ups, oh, ja«, sagt Lea, aber sie sieht ihn noch einen Moment lang an.

»Kein Problem. Ihr seid die Ersten heute Morgen«, sage ich zu ihnen.

Sie lächeln, ohne sich aus den Augen zu lassen.

»Ich würde mich sehr freuen, wenn ihr beide nächstes Semester den Fortgeschrittenenkurs belegt. Ihr könnt wirklich gut schreiben. Ihr würdet vom zweiten Teil des Kurses sicherlich profitieren. Er ist eher wie ein Workshop aufgebaut. Mehr Gruppenarbeit und Diskussionen.«

Jetzt ist es an Gabe, rot zu werden. »Danke«, murmelt er, ohne mich anzusehen.

»Danke. Ich habe mich schon angemeldet«, sagt Lea.

»Ja?«, fragt Gabe und dreht sich zu ihr.

»Ja.«

»Vielleicht werde ich das auch tun«, sagt er zu mir.

»Sehr gut, dann freue ich mich darauf, euch im Januar wiederzusehen.«

Daraufhin verlassen sie mein Büro, aber sie bleiben vor der Tür stehen, so dass ich noch ein paar Worte ihres Gesprächs aufschnappe.

»Es tut mir echt leid, dass ich heute Abend nicht mitkommen kann«, sagt er, und seine Stimme klingt so verzagt, dass ich seine Mimik förmlich vor mir sehe.

»Ist doch kein Problem.«

Er räuspert sich. »Vielleicht, ähm, ein andermal.«

»Klar. Ich meine, das Semester ist vorbei, aber es gibt ja noch nächstes Semester.«

»Ja. Oder vielleicht sehen wir uns mal wieder, wenn Casey eine Party macht. Das wäre … cool.« Seine Stimme ist kaum zu hören, weil er so leise spricht. Ich verfluche meine fensterlose Tür. Andererseits ist mir klar, dass ein Fenster zur Rasenfläche ein Privileg ist.

Ihre Stimmen verlieren sich auf dem Gang.

Ich habe das Gefühl, dass immer noch eine realistische Chance besteht, dass aus den beiden ein Paar wird. Es dauert nur ein bisschen länger, als ich erwartet hatte. Aber es wird passieren.

Maribel (Leas Mitbewohnerin)

»Heute Abend werde ich mich so richtig abschießen«, verkündet Bianca, als wir unterwegs in die Bar sind.

»Du bist ja schon auf dem besten Wege«, sage ich.

»Glaubt ihr wirklich, dass das eine gute Idee ist?«, fragt Lea zum millionsten Mal.

»Na klar. Ich habe mich umgehört. In dieser Bar bekommt man nie Probleme mit gefälschten Ausweisen. Einige der größeren Kneipen richten sich strenger nach den Regeln, aber solange dein Ausweis gut gemacht ist, wollen die nur ihren Schnaps verkaufen.«

»Ich glaube, ich muss kotzen«, sagt Lea, als wir uns der Tür nähern.

»So siehst du auch aus«, sage ich.

Sie krampft nervös die behandschuhten Hände ineinander.

»Komm schon. Wie oft muss ich das noch sagen? Ich war hier, ich habe es ausprobiert, und es gab null Probleme. Du darfst dir deine Nervosität nur nicht anmerken lassen.«

Wir gehen rein, und es ist schon ziemlich voll. Es wird einfach sein, im Meer der Gesichter unterzutauchen, sobald wir am Türsteher vorbei sind. Er wirft kaum einen Blick auf unsere Ausweise, bevor er uns durchwinkt. Lea lächelt so angestrengt wie jemand, dem man eine Pistole an den Rücken hält, aber der Typ scheint kein Experte im Deuten von Mimik zu sein.

Wir finden einen Tisch im hinteren Teil der Bar, weit entfernt von der Theke, aber ganz ehrlich, was macht das schon. Hauptsache, wir sind drin.

Ich hole die erste Runde und entdecke Gabes Freund Casey alleine an der Bar. Er unterhält sich mit dem Barkeeper. Ich nicke ihm lässig zu und gehe mit den Getränken zu den Mädels zurück.

»Casey ist hier«, flüstere ich.

»Gabes Casey?«, fragt Lea und saugt an ihrem Strohhalm.

»Ja.«

»Un-glaub-lich!«, kommentiert Bianca und haut mit der Faust auf den Tisch. »Vielleicht ist Gabe ja auch da.« Sie schaut sich um und scheint zu versuchen, den Raum zu röntgen.

»Wie viel hast du vorgeglüht?«, frage ich Bianca.

Ihre Antwort ist ein krasses Schielen, das ich mal als »sehr viel« übersetze.

Sie bietet an, die nächste Runde zu holen, und wir behalten sie genau im Auge. Als wir sehen, dass sie mit Casey spricht, folgen Lea und ich ihr an die Bar. Wer weiß, was sie ausplaudert.

»Ich weiß, wer du bist«, flötet sie, als wir uns neben sie stellen.

»Ach ja? Wer bin ich denn?«

»Du bist ein Freund von Gabe.«

Sein Blick hellt sich auf. »Das ist korrekt. Ich bin Casey.«

»Ich bin Bianca. Ich habe heute Geburtstag«, erklärt sie, während sie sich die Hände schütteln.

»Herzlichen Glückwunsch!«

»Sie hat nicht Geburtstag«, raunt Lea ihm zu und verdreht die Augen. Casey grinst breit, aber er scheint weiter mitspielen zu wollen.

»Danke«, sagt Bianca lächelnd und klimpert mit den Wimpern. »Ich möchte etwas mit dir besprechen, aber du musst bedenken, dass ich Geburtstag habe und betrunken bin.«

Casey schaut Lea und mich erwartungsvoll an, und wir zucken die Schultern. Lea knabbert an ihrem Daumennagel.

»Dann schieß mal los«, sagt er zu Bianca. Er setzt sich gerade hin, legt die Hände auf die Theke und macht ein ernstes Gesicht.

»Machst du dich etwa über mich lustig?«, fragt sie empört.

»Ist es das, was du besprechen möchtest?«

»Nein«, sagt sie, lehnt sich zurück und verschränkt die Arme.

»Höchstens ein bisschen«, sagt er.

Zugegeben, ich finde Casey ziemlich süß. Mit seinen Sommersprossen und den roten Haaren sieht er aus wie ein großer Kobold. Keine Ahnung, seit wann ich auf Kobolde stehe.

»Also, was willst du besprechen?«, fragt er.

»Meine Freundin Lea hier …«, setzt Bianca an.

Lea hält sich die Augen zu und versucht, Bianca wegzuziehen.

»Nein«, kreischt Bianca und schlägt halbherzig nach Leas Hand. »Na gut. Ich will über deinen Freund Gabe reden.«

»Okay.«

Lea sieht schon wieder so aus, als müsste sie sich gleich übergeben.

»Ist Gabe schwul?«

»Äh, wie bitte?«

»Gabe. Ist er homosexuell?«

»Nicht, dass ich wüsste«, sagt Casey mit einem Grinsen. »Ich bin ziemlich sicher, dass er hetero ist.«

»Wie sicher?«

»Na ja, er redet über … Mädchen.« Caseys Blick springt für den Bruchteil einer Sekunde zu Lea.

»Okay«, sagt Bianca. »Sehr schön. Vielen Dank, dass du an dieser Umfrage teilgenommen hast.« Dann verbeugt sie sich und geht zurück an unseren Tisch.

Casey schüttelt den Kopf und schaut zwischen Lea und mir hin und her.

»Ich bin Lea, und das ist Maribel. Aber das weißt du ja schon«, sagt Lea. »Oh, warum bin ich so ein sozialer Tollpatsch?«, fragt sie mich. Ich zucke die Schultern.

Casey beachtet ihre Tollpatschigkeit nicht und schüttelt unsere Hände, als wäre die Situation nicht weiter komisch. Und als hätte unsere betrunkene Freundin ihn nicht gerade gefragt, ob sein Kumpel schwul ist.

»Schön, euch beide offiziell kennenzulernen. Wir sehen uns?«, fragt er, während er seinen Mantel anzieht.

»Ja, klar«, sage ich wie eine Idiotin. Ich bin so blöd.

»Ihr wart doch schon mal auf einer Party bei uns, oder?«

»Ja, Maribel kennt jemanden, der wiederum jemanden kennt«, sagt Lea. Ihre Stimme klingt jetzt so flirty, dass ich etwas eifersüchtig auf ihren lockeren Umgang mit Casey bin. Ich schlucke es hinunter.

»Wir könnten ja Nummern tauschen? Dann sparen wir uns das nächste Mal den Mittelsmann.« Das sagt er direkt zu mir, und ich bin so damit beschäftigt, meine Eifersucht runterzuschlucken, dass ich fast die Chance verpasse.

»Oh, ja klar!«, sage ich und reiche ihm mein Handy.

Sekunden später sind wir wieder an unserem Tisch, Nummern erfolgreich ausgetauscht, und Bianca kichert ungehalten.

»Was ist?«

»Ich bin gar nicht so betrunken«, prustet sie. »Aber ich dachte, wenn ich eine kleine Show mache, kommen wir am einfachsten an die Information, die wir brauchen.«

Lea schüttelt den Kopf. »Du bist ein teuflisches Genie.«

Januar

Casey (Kumpel von Gabe)

»Casey?«

»Gabe!«

»Warum rufst du an?«, fragt er. Ich glaube, ich habe ihn geweckt.

»Ich bin noch ein paar Tage bei meiner Oma, aber ich muss dir etwas sehr Wichtiges sagen, und alle SMS, die ich angefangen habe, klangen nicht richtig.«

»Okay …«, sagt er. Seine Stimme klingt jetzt wacher, aber auch argwöhnischer.

»Also, ich habe Lea und ihre Freundinnen am Abend vor den Ferien in der Bar getroffen.«

»Aha.«

»Eine von ihnen, Bianca, war total voll. Und Lea und ihre Mitbewohnerin Maribel haben versucht, sie in Schach zu halten.«

»Ich habe das Gefühl, das wird eine Horrorstory. Ich habe richtig Angst.«

»Du musst keine Angst haben!«

»Sagst du!«

»Es war nur eine Kleinigkeit. Bianca wollte wissen, ob du schwul bist.« Ich sage es schnell, so wie man ein Pflaster abreißt.

»Oh«, sagt er. »Oh. Echt?«

»Ja.«

»Hm.«

»Alles klar da drüben?«, frage ich nach einer langen Pause.

»Mir geht's gut. Das erklärt einiges.«

»Zum Beispiel?«

»Na ja, Lea scheint sich immer zu freuen, wenn sie mich sieht, und dann reden wir oder so, und dann sieht sie auf einmal irgendwie traurig aus, als wäre ihr was Unangenehmes in den Sinn gekommen. Und ich habe die ganze Zeit gedacht, dass es an meinem Aufsatz lag. Oder dass sie etwas über mich gehört hat. Es würde also passen, wenn sie gehört hat, dass ich schwul bin.«

»Ich habe klargestellt, dass du nicht schwul bist.«

»Danke. Das kommt mir entgegen.«

»Gut.«

»Jetzt macht das alles total Sinn!«, ruft er, und seine Stimme klingt mit einem Mal leichter und zuversichtlicher.

»Freut mich, dass ich helfen konnte.«

»Ich werde jetzt auflegen. Ich hasse Telefongespräche. Aber gute Arbeit, Casey.«

»Danke, Mann. Ich tu mein Bestes.«

Danny (guter Freund von Lea)

Lea will sich in den Weihnachtsferien mit mir treffen. Das ist nicht weiter ungewöhnlich. Lea und ich haben früher ständig zusammen rumgehangen. Aber ihre SMS klingt ungewohnt förmlich.

Ich treffe sie am Montag nach Silvester in unserem Stammlokal zum Mittagessen.

»Hallo, Daniel«, sagt sie. Sie sitzt bereits an einem Tisch.

»Hallo, Azalea.« Ich falte die Hände und imitiere ihre ernsthafte Haltung.

»Ich habe mir die Freiheit genommen, dir überbackene Käse-Pommes zu bestellen, weil ich eine schlechte Nachricht für dich habe.«

»Was?«

»Gabe Cabrera ist nicht homosexuell.«

»O nein«, sage ich.

Sie nickt. »O doch.«

Ich stütze den Kopf in die Hände. Ich weiß, dass ich dramatisch bin, teils, weil mich diese Information wirklich traurig macht, vor allem aber, um Leas dramatischer Enthüllung gerecht zu werden.

Sie tätschelt meine Hand.

Ich hebe den Kopf. »Also, wirst du dein Glück versuchen?«

»Ja.«

»Wunderbar. Er ist der himmlischste und phantastischste und prächtigste Typ auf diesem Planeten, und wenn ich ihn nicht haben kann, musst du ihn kriegen.«

»Danke, Danny.«

»Wie hast du es herausgefunden?«

»Bianca hat am letzten Abend vor den Ferien die Betrunkene gespielt und Gabes Kumpel angequatscht, diesen Casey, und ihn einfach gefragt, ob Gabe auf Kerle steht.«

Ich schüttele den Kopf. »Genial. Ihr Mädels seid genial.«

»Ich würde ja gerne behaupten können, dass ich das mit ihr geplant hatte. Aber ich bin nicht mal sicher, ob Bianca selbst es geplant hatte. Ich meine, sie konnte ja nicht wissen, dass Casey genau an dem Abend allein in der Bar sein würde.«

Ich nicke. Dann fällt mir etwas ein. »Das heißt, mit den Ausweisen hat alles gut geklappt?«

»Ja! Aber ich weiß nicht, irgendwie habe ich das Gefühl, dass bei dieser Schummelei der Reiz verlorengeht.« Sie zuckt die Schultern. »Ich bin nicht sicher, ob ich ihn so oft benutzen werde.«

»Weißt du was, das kann ich gut verstehen.«

Die zwei Portionen Käse-Pommes kommen, und wir hauen rein.

»Es tut mir wirklich leid wegen Gabe«, sagt sie.

»Du kannst doch nichts dafür, dass er auf Mädchen steht. Es ist ja nicht so, als wärst du so unwiderstehlich, dass du auf einen Schlag seine sexuelle Orientierung geändert hättest.«

Sie lacht.

»Ich war mir wirklich sicher, dass er schwul ist. Ich hätte nie gedacht, dass ich mal so danebenliegen könnte. Vielleicht ist er ja ein kleines bisschen bi? Oder pansexuell?«

»Unwahrscheinlich«, erwidert sie lächelnd.

»Wenigstens offen für eine kleine Bi-Erfahrung? Eine winzig kleine?«

»Ich werde versuchen, es für dich herauszufinden«, verspricht sie und legt ihre Hand auf meine.

»Und ich werde dir helfen, ihn zu erobern«, sage ich mit einem Zwinkern.

Sam (Gabes Bruder)

Gabe sitzt auf einer Bank vor der Bibliothek, als ich am ersten Tag nach den Ferien von der Arbeit komme.

»Hey«, sage ich und verpasse ihm einen Tritt gegen die Schuhspitze, als er nicht von seinem Buch aufblickt.

»Oh, hi.«

»Was gibt's?«

»Kommst du mit in die Mensa?«

»Ich kann nicht, ich habe eine Baseball-Besprechung.«

»Ich hätte nie gedacht, dass ich mal auf eine Baseball-Besprechung eifersüchtig sein würde. Dann haben die anderen wohl auch keine Zeit.«

»Wir können aber noch ein Stück zusammen gehen.«

»Klar.«

»Hast du mir deswegen aufgelauert? Weil du nicht allein essen wolltest?«

Er zuckt die Schultern. »Mom hat gesagt, dass du bei der Arbeit bist. Ich dachte, es könnte nicht schaden.«

»Tja, tut mir leid.«

»Kein Problem. Ich habe mich wohl in den Ferien daran gewöhnt, in Gesellschaft zu sein. Und mein Zimmer ist so klein und still und …« Er verstummt und schüttelt den Kopf. »Ach, keine Ahnung. Das ist bescheuert.«

Ich remple ihn spielerisch mit der Schulter an. »Das ist nicht bescheuert. Du liebst halt einfach deinen großen Bruder.«

»Klar, das wird's sein.«

Wir traben mehrere Minuten lang schweigend nebeneinander her. Die Leute um uns herum gehen schnell, vermutlich, weil es brutal kalt ist. Aber Gabe lässt sich Zeit.

»Kennst du jemanden, der einen Job zu vergeben hat?«

»Brauchst du Geld?«, frage ich.

»Natürlich brauche ich Geld. Die Stelle als Mentor im Wohnheim ist schon super, weil ich mein Zimmer nicht bezahlen muss, aber ich kriege keine Kohle. Ich lebe weitgehend vom Mensaessen und den Starbucks-Gutscheinen von Tante Kate.«

»Was sollen die eigentlich immer? Warum denkt sie, dass wir Starbucks so lieben?«

»Keine Ahnung. Aber da ich knapp bei Kasse bin, sind sie ganz praktisch. Wenn ich mal mit einem Mädchen ausgehen möchte, kann ich sie immerhin zu Starbucks einladen.«

»Willst du etwa Lea fragen, ob sie mit dir ausgeht?«

»Ich weiß nicht. Ich weiß nicht, wie realistisch das ist. Aber ich denke darüber nach.«

»Okay«, sage ich, »wenn du Geld brauchst – ich glaube, in der Bibliothek suchen sie jemanden. Es ist sauber, klimatisiert, und du stinkst nie nach Fett oder ranziger Milch.«

»So, wie du das darstellst, klingt es herrlich.«

»Und wenn ich ihnen stecke, dass mein Bruder einen Job sucht, werden sie dich nehmen.«

»Cool.«

Ich will noch mehr sagen, weil es immer noch mehr zu sagen gibt, aber ich belasse es dabei. Ich will ihm nicht auf den Schlips treten. Er war in den Ferien so gut drauf. Das erste Mal seit langer Zeit wirkte er mal wieder glücklich und schien er selbst zu sein. Ich glaube, unsere Eltern waren erleichtert zu sehen, dass er einfach wieder Gabe war.

»Ist sonst alles okay?«, frage ich.

»Ja, alles in Ordnung«, erwidert er. »Semesterbeginn heißt halt, dass diese Woche jede Menge Studenten zu mir kommen, die sich wegen ihrer Stundenpläne Sorgen machen oder Zweifel an ihrer Kursauswahl haben.«

»Ich kann mich nicht erinnern, dass ich als Studienanfänger einen Gedanken daran verschwendet hätte.«

»Ich glaube, ich habe einfach ein paar Überehrgeizige in meinem Wohnheim.«

»Hier«, sage ich und reiche ihm einen Zehn-Dollar-Schein, bevor ich mich dem Gebäude zuwende, in dem gleich meine Besprechung stattfindet.

»Nein, ist schon in Ordnung.«

»Nimm es. Du kannst es mir zurückzahlen, wenn du einen Job hast.«

Er schüttelt den Kopf.

»Wenn du schon trübsinnig bist und alleine essen musst, dann iss wenigstens etwas Anständiges.«

»Okay, in Ordnung. Aber das ist nur geliehen.«

»Oh, keine Sorge. Ich führe Buch.«

Er boxt meinen Arm, aber wenigstens lacht er.

Maxine (Kellnerin in Charlie's Diner)

Da sind die zwei Goldschätzchen wieder, ganz allein diesmal. Es ist wirklich traurig, dass sie alleine dasitzen, aber immerhin haben sie sich dieses Mal angelächelt und zugewinkt. Ich glaube, das Mädchen hätte sich zu ihm gesetzt, aber sie hat ihn erst entdeckt, als ich ihr das Essen gebracht habe.

Ich sehe, dass sie ihn anstarrt, und da es ein außergewöhnlich ruhiger Sonntagabend ist, beschließe ich, mich einzumischen.

»Du könntest dich zu ihm setzen«, schlage ich vor.

»Was, wenn er das nicht möchte?«

Ich beuge mich vor, um nicht so laut sprechen zu müssen. »Na ja, du könntest zur Toilette gehen, und wenn du an seinem Tisch vorbeikommst, fragst du ihn, ob er jemanden erwartet.«

»Okay«, sagt sie mit großen Augen.

»Und wenn er sagt, dass er niemanden erwartet, fragst du ihn, ob er gerne Gesellschaft hätte. Ich schwöre dir, dass er ja sagt. Und wenn nicht …«

»Dann sterbe ich vor Scham.«

»Aber wenigstens weißt du dann Bescheid.«

»Er ist wirklich schüchtern«, verrät sie mir.

»Ein Grund mehr, den Stier bei den Hörnern zu packen.«

»Er sieht beschäftigt aus.«

»Er blättert nur in einer alten Zeitschrift, Schätzchen«, sage ich. »Hör mal, warum bist du allein hier?«

»Ich hatte Hunger, und meine Mitbewohnerin ist noch nicht wieder da, und ich hatte keine Lust, meine anderen Freunde anzurufen.«

»Vielleicht ist er aus dem gleichen Grund allein hier. Und nächstes Mal musst du dann nicht mehr allein kommen, hm?«

Sie nickt und holt tief Luft, bevor sie aufsteht.

Ich postiere mich hinterm Tresen und gebe mir Mühe, schwer beschäftigt auszusehen, indem ich die Arbeitsplatte poliere.

»Hi, Gabe«, sagt sie.

Er lächelt und nickt ihr zu. Ach ja, er ist ein Schüchterner.

»Erwartest du jemanden?«,

Er schüttelt den Kopf und wird rot.

»Hast du Lust auf ein bisschen Gesellschaft?«

»Okay«, sagt er.

»Ich hole nur meinen Teller«, sagt sie.

»In Ordnung.«

»Hast du nichts dagegen?«

Jetzt würde ich sie am liebsten schütteln. Er reagiert nicht so überschwänglich, wie sie es sich gewünscht hat, das ist klar, aber er sagt auch nicht nein, er bringt keine Ausreden vor. Sie ist so geblendet von ihren Gefühlen, dass sie sich seine Schüchternheit gar nicht richtig klarmacht.

Er schüttelt den Kopf und sieht sie an.

Sie kommt mit ihrem Cheeseburger zurück und setzt sich ihm gegenüber. Ihr scheint ganz schön mulmig zu sein.

»Die Burger hier sind super«, sagt er leise.

»Das stimmt.«

Sie isst mit steifen Bewegungen. Ein paar Minuten später bringe ich ihm sein gegrilltes Käsesandwich.

»Na, spielt ihr ›Bäumchen, wechsle dich‹?«, necke ich sie. Ich wünschte, ich könnte das Eis für sie brechen. Ich habe noch nie zwei junge Leute gesehen, die sich so verkrampft gegenübersaßen.

Er verschränkt die Finger und schaut das Mädchen nicht an. Er schaut sie so offensichtlich nicht an, dass mir klar ist, dass es ihn große Mühe kostet. Als würde sie, wenn er sie doch anschaut, sehen, wie sehr er sie mag.

Sie lächelt mir zu, und ich gehe wieder hinter den Tresen. Für einen Sonntagabend ist es wirklich ruhig.

»Willst du Galgenmännchen spielen?«, fragt sie plötzlich, dreht ihr Papierset um und nimmt einen Stift aus der Tasche.

Er nickt und lächelt und sieht unglaublich erleichtert aus.

Sie spielen ein paar Runden, dann piepst ihr Handy.

»Meine Mitbewohnerin ist gerade zurückgekommen, also … ich muss jetzt los«, sagt sie. »Wir sehen uns?«

Er nickt und winkt, und sie ist im Nu zur Tür hinaus. Er bleibt bestimmt noch eine Viertelstunde lang sitzen und kritzelt etwas auf die Rückseite des Sets. Dann knüllt er es zusammen und geht ebenfalls. Ich kann nicht anders, ich falte das Papier auseinander und lese, was er geschrieben hat.

Dinge, die ich hätte sagen sollen:

1. *Wie geht es dir?*
2. *Wie waren deine Ferien?*
3. *Willst du immer noch Kreatives Schreiben II belegen?*
4. *Nur fürs Protokoll, ich stehe auf Mädchen.*
5. *Ich bin ein Idiot, und ich weiß nicht, was ich sagen soll.*
6. *Danke, dass du mir Gesellschaft leistest.*
7. *Danke, dass du mit mir Galgenmännchen spielst.*
8. *Wir sollten das wiederholen. Ich kann dir meine Nummer geben, dann kannst du mir das nächste Mal Bescheid sagen, oder ich dir. Wir könnten uns schreiben, und ich würde aufhören, so blöd und lächerlich zu sein und mit dir reden, obwohl ich mich blöd und lächerlich fühle. Und es gibt Dinge, die ich dir sagen sollte, denn du würdest mich vielleicht nicht so mögen, wenn du davon wüsstest, aber vielleicht doch.*
9. *Ich gucke wirklich gerne* Buffy.
10. *Tschüs. (Ich habe ihr nicht mal tschüs gesagt. Warum bin ich nur so unglaublich bescheuert?)*

Ich muss mich dazu zwingen, das Papier wieder zusammenzuknüllen und wegzuwerfen. Denn eigentlich würde ich es viel lieber für das Mädchen aufheben, damit sie weiß, wie sehr sie diesen Jungen durcheinanderbringt.

Maribel (Leas Mitbewohnerin)

»Gerade ist was Unglaubliches passiert«, sagt Lea, als sie zur Tür hereinkommt.

»Was?«

»Ich habe mit Gabe an einem Tisch gesessen, und wir haben zusammen gegessen und Galgenmännchen gespielt.«

»Klingt, als wärst du seine Babysitterin.«

Sie wirft sich auf ihr Bett und macht ein verärgertes Gesicht.

»Nein! Ich meine, wie süß! Sei nicht sauer!«

Sie streift die Schuhe ab, wirft einen in meine Richtung und verfehlt mich um einen Kilometer. Ich lache und lege weiter meine Sachen in den Schrank. »Erzähl mir genau, was passiert ist, mit allen Details.«

»Also, diese alte Kellnerin bei Charlie's Diner …«

»Maxine?«

»Ja!«

»Ich liebe Maxine.«

»Ich auch! Ich glaube, sie will, dass Gabe und ich, äh … was miteinander anfangen. Sie hat mir geraten, mich zu ihm zu setzen, und dann hat sie uns beobachtet und die ganze Zeit gegrinst.«

Ich denke eine Sekunde darüber nach. »Das ist seltsam, aber gut. Das heißt, auch andere Leute können sehen, dass es zwischen euch knistert.«

»Das glaube ich auch«, sagt Lea. »Gabe war nett, aber natürlich hat er den Mund nicht aufgekriegt. Also haben wir

Galgenmännchen gespielt, als klar war, dass er für Small Talk nicht zu haben war.«

»Das war ziemlich brillant. Auf ihn eingehen und ihm zeigen, dass du ihn akzeptierst – gute Arbeit.«

»Danke, Ma'am.«

Ich lasse mich auf den Boden fallen. »Und weiter?«

»Na ja, dann hast du dich gemeldet, und ich bin gegangen.«

»Du bist gegangen?«

»Ja. Ich war schließlich mit dem Essen fertig. Es war schon komisch genug. Es wäre nur noch komischer geworden, wenn ich geblieben wäre.«

Ich schlage mir gegen die Stirn.

»Ach, sei doch nicht so dramatisch«, sagt sie.

»Nein, aber du hättest bleiben sollen! Ihr hättet zusammen nach Hause laufen können. Warum bist du gegangen? Gerade, als die Dinge ins Rollen kamen?«

»Ich weiß es nicht!«, sagt sie und wirft verzweifelt die Arme hoch. »Weil ich dich rund um die Uhr als meinen Lebens- und Beziehungscoach brauche. Ich brauche ein Bluetooth-Headset, über das du mir zuflüsterst, was ich tun soll.«

Ich runzle die Stirn. »Soll ich mich etwa draußen im Gebüsch verstecken, oder was?«

»Im Prinzip.«

»An dem Plan müssen wir noch arbeiten.«

Casey (Kumpel von Gabe)

»Was bedeutet es, dass Bianca dich gefragt hat, ob ich schwul bin?«, fragt Gabe, kaum dass ich ihm die Tür geöffnet habe. Er hatte angekündigt, er würde rüberkommen, sobald er mit dem Essen fertig sei. Aber das war quasi vor vier Minuten.

»Wie bist du so schnell hierhergekommen?«, frage ich, als wir nach oben gehen.

»Mit einem fliegenden Auto.«

»Du fährst doch gar nicht Auto«, gebe ich zurück, während wir uns vor den Fernseher pflanzen und Gabe die Xbox einschaltet.

Er wirft mir einen schiefen Blick zu und holt tief Luft. »Das hat doch etwas zu bedeuten, oder?«

Ich akzeptiere den Themenwechsel. »Das bedeutet, dass sie über dich reden.«

»Ja, oder?«, sagt er und fährt sich mit der Zunge über die Lippen. »Das habe ich auch gedacht, aber ich war nicht sicher, ob ich mir was vormache.«

»Quatsch, sie reden offensichtlich über dich. Bianca und Lea und Maribel. Habe ich erwähnt, dass sie sich wieder mitten im Gespräch vorgestellt hat?«

»Sie ist so süß«, sagt Gabe und schüttelt den Kopf. »Sie wird mich nie mögen. Ich war gerade mit ihr bei Charlie's, und wir saßen zusammen an einem Tisch und …«

»Stopp, stopp, stopp. Das sagst du jetzt? Von vorne!«

»Ich weiß, ich hätte es längst erwähnen sollen, schließlich rede ich ja schon ganze 53 Sekunden mit dir.«

»Verdammt richtig.«

»Aber ich … hab einfach nichts gesagt. Wir saßen bestimmt zwanzig Minuten zusammen an einem Tisch. Ich habe kaum zwei Worte rausgebracht. Es war, als würden mir keine Wörter einfallen. Jetzt fallen mir neun Millionen Wörter ein.«

»Wie viele Wörter hat die englische Sprache?«

»Das ist nicht der Punkt.«

»Sorry, du hast recht.« Ich mache einen mentalen Vermerk, später zu googeln, wie viele Wörter die englische Sprache hat. »Du schaffst das. Ich meine, du wirst sie im Seminar wiedersehen, und sie kommt bestimmt zu unserer nächsten Party …«

»Aber wie kommt man von ›nicht mal richtig befreundet‹ zu ›zusammen‹?«

»Sprich mit ihr.«

»Oh, ja, meine Spezialität.«

»Mann, es ist doch nicht so, als hättet ihr nichts gemeinsam. Sprich sie im Seminar an.«

»Im Seminar ansprechen?«, fragt er mit Roboterstimme. »Bin nicht dafür programmiert.«

»Weißt du, die Leute sagen immer so was wie ›Ach, dieser Gabe, der ist total nett.‹ Und ich sage immer, ›Nee, ist er nicht. Mir gegenüber ist er ein Arschloch.‹«

»Ich muss irgendwie das Arschloch in mir raushängen lassen.«

»Wir kriegen das mit Lea schon hin. Wir haben ein ganzes Semester, um das einzutüten. Es ist unmöglich, dass sie dich nicht mag. Du hast doch selbst gesagt, dass sie dich vor den Ferien gefragt hat, ob du mit in die Bar kommst. So was machen Mädels nicht, wenn sie dich nicht mögen.«

»Aber vielleicht hat sie mich nur aus Mitleid gefragt.«

»Warum solltest du ihr leidtun?«

»Keine Ahnung. Wahrscheinlich gibt es keinen Grund.« Er starrt zu Boden.

»Sie weiß nichts«, sage ich, zögernd, vorsichtig um das Thema herumeiernd, das wir nicht ansprechen.

»Ich weiß. Du hast recht.«

»Klar hab ich recht. Ich bin dein Yoda.«

»Das glaubst auch nur du.«

Inga (Seminarleiterin Kreatives Schreiben)

»Bereit für eine neue Runde?«, frage ich Cole, als er am Tag vor Semesterbeginn zu mir ins Büro kommt.

»Auf jeden Fall.«

»Lass uns den langweiligen Kram zuerst erledigen, damit wir dann tratschen können, okay?«, schlage ich vor.

Wir besprechen etwa eine halbe Stunde lang, wie wir uns die Korrekturarbeiten aufteilen werden und wann die Sprechstunden stattfinden sollen. Ich erkläre ihm kurz, wie ich mir den Kurs vorstelle, und dass er eher wie ein Workshop aufgebaut sein wird, mit kurzen Aufgaben in jeder Stunde und mehr Gruppenarbeit zur Diskussion der Texte.

»Klingt gut«, sagt er, wie immer. Er ist zweifellos der beste Hiwi, den ich je hatte.

»Und wie waren die Ferien?«, frage ich.

»Super. Meine Freundin und ich waren über Silvester bei Freunden in Boston. Und deine?«

»Gut«, sage ich, und dann breitet sich ein Grinsen auf meinem Gesicht aus. »Ich kann den Mund nicht länger halten. Schau mal, wer sich dieses Semester angemeldet hat.« Ich lege ihm die Liste hin.

»Oh! Gabe und Lea!«

»Dieses Semester, Cole. Dieses Semester bringen wir sie zusammen. Es ist mir egal, was ich tun muss. Oder wen ich dafür umlegen muss.«

»Wie ich sehe, ist Hillary auch dabei.«

»Ich weiß, ich habe mich bemüht, das zu ignorieren.«

»Es überrascht mich, dass sie weitermachen will.«

»Glaub mir, ich habe versucht, es ihr auszureden. Aber ich konnte sie nicht umstimmen. Meine Einwände schienen sie sogar noch anzuspornen.«

»Was für ein Pech. Aber du musst zugeben, Inga«, sagt er grinsend, und ich ahne, dass er mich provozieren will, »dass sie gar nicht schlecht schreibt.«

»Für eine Hohlbirne«, sage ich unnachgiebig.

»Für eine Hohlbirne«, stimmt er mir zu.

Victor (Seminarteilnehmer Kreatives Schreiben)

Als meine Freunde mich gefragt haben, ob ich auf das Konzert einer Newcomer-Band aus der Region mitkommen will, haben sie leider unterschlagen, dass der Altersdurchschnitt der Veranstaltung bei sechzehn liegen würde. Irgendwie hat es diese Band geschafft, eine Fangemeinde kreischender Teenies um sich zu versammeln.

Noch schlimmer ist, dass Big Foot und die Giraffe anscheinend ebenfalls zu diesem Fanclub gehören.

Sie haben sich noch nicht entdeckt, und das geht mir extrem auf die Nerven, weil sie eigentlich als verdammtes Paar hier antanzen sollten. Sie verdienen einander. Wenn ich ihnen in den vier Monaten, die ich in ihrer Gesellschaft verbringen musste, etwas beizubringen versucht habe, dann, dass sie sich einen Ruck geben und sich endlich ihre Liebe gestehen sollen. Ich meine, es ist mir eigentlich egal, aber dieses Getue geht mir echt auf den Wecker.

Ich ignoriere sie, so gut ich kann, und grabe eine Tussi an, von der meine Freunde behaupten, dass sie auf mich steht. Obwohl sie immer, wenn ich sie anspreche, einfach kichert und weggeht. Sogar, wenn ich überhaupt nichts Komisches sage.

Irgendwann gehe ich an die Bar. Hier gibt es so gut wie nichts, keinen Schnaps, keine Cocktails, aber immerhin gibt es Bier. Solange es kalt ist, bin ich nicht wählerisch.

Natürlich lande ich in der Schlange direkt hinter meinen Erzfeinden.

»Das macht sechs Mäuse«, sagt der Barkeeper zu Big Foot.

»Für ein Wasser?«

»Ihr zahlt doch zusammen, oder? Du und deine Freundin?«, fragt er und zeigt auf die Giraffe. Trotz des gedämpften Lichts sehe ich, dass sie rot wird.

»Oh.« Big Foot beginnt, tief in seiner Tasche zu graben, bis die Giraffe einschreitet.

»Ist schon in Ordnung«, sagt sie. »Ich zahle.«

»Das musst du nicht …«, setzt Big Foot an.

»Schon okay«, sagt die Giraffe und lächelt. »Du kannst es mir ja irgendwann zurückgeben.«

Ich will ihre Köpfe aneinander knallen. Vielleicht wachen sie dann auf. Wie können sie so blind sein?

Sie zahlt und reicht ihm seine überteuerte Wasserflasche.

»Das wäre nicht nötig gewesen«, murmelt Big Foot.

»Du könntest auch einfach danke sagen«, sagt Lea. Ihr Gesicht ist freundlich, aber in ihrem Ton liegt eine leichte Schärfe.

»Danke.«

»Gern geschehen.« Sie dreht sich um und geht.

Big Foot wirft mir einen finsteren Blick zu und bahnt sich seinen Weg durch die Menge.

Wenigstens wollte er sich nicht mit mir anlegen.

Ein Tritt dieser Riesenfüße hätte mir den Rest gegeben.

Maribel (Leas Mitbewohnerin)

»Wo zum Teufel warst du so lange?«, rufe ich Lea zu, als wir mit Bianca wieder auf die Tanzfläche gehen.

Sie hält eine Flasche Wasser hoch.

»Gott segne dich«, sage ich, schnappe mir die Flasche und nehme einen großen Schluck. »Ah! Tut das gut.«

Als der Song ruhiger wird, zieht Lea Bianca und mich an die Seite.

»Gabe ist hier!«, sagt sie.

»Du siehst nicht so aus, als würde dich das freuen«, stellt Bianca fest.

»Ich würde mich jedenfalls mehr freuen, wenn er nicht manchmal … so ein Arschgehirn wäre!«

»Was ist ein Arschgehirn?«, fragt Bianca.

»Wie ein Arschgesicht, nur schlimmer«, sagt Lea und verschränkt die Arme.

»Und warum ist er ein Arschgehirn?«, erkundige ich mich.

»Der Barkeeper hat unsere Getränke versehentlich auf eine Rechnung gesetzt, ich habe gezahlt, und er hat noch nicht mal Anstalten gemacht, sich zu bedanken.«

Bianca nickt. »Du hast ihn seiner Männlichkeit beraubt!«

»Habe ich nicht! Er hat in seinen Taschen gewühlt. Ich hatte einen Zehner in der Hand. Lass mich zahlen, du Arschgehirn.«

»Sei nicht so ein Arschgehirn, Mann!«, brülle ich quer durch den Raum.

Das bringt sie zum Lachen.

»Ich weiß, ich kann nicht von ihm erwarten, dass er sich in mich verliebt. Aber er könnte wenigstens nett zu mir sein. Ich brauche keine überschwängliche Dankbarkeit wegen einer Flasche Wasser, aber er hat so darauf beharrt, selbst zu zahlen …«

»Lea, meine Süße, meine Mitbewohnerin, meine liebe Freundin«, sage ich und lege ihr die Hände auf die Schultern. »Du musst dich beruhigen. Du gibst dir wirklich Mühe, für diesen Typen aus dir rauszukommen. Du tust, was du kannst. Ich finde, du machst deine Sache sehr gut, und wenn er dich nicht mag, dann vergiss ihn!«

»Danke.«

»Du bist supersüß zu ihm, und er gibt sich so …«

»Unnahbar?«, schlägt sie vor.

»Ja, unnahbar.«

»Ich weiß, aber irgendwie habe ich das Gefühl, dass er einfach so ist, und dass es nicht an mir liegt. So tickt er eben.«

»Und dafür«, fügt Bianca hinzu, »haben wir sogar einen Beweis. Er hat in seinem Aufsatz ja selbst gesagt, dass er schüchtern ist.«

»Ich glaube, ich muss einfach weitermachen.«

»Ich habe ja auch nicht gesagt, dass du aufhören sollst, ich habe die Dinge nur in ein anderes Licht gerückt.«

Sie umarmt mich, und wir gehen zurück auf die Tanzfläche.

Casey (Kumpel von Gabe)

Seit Gabe vor einer Viertelstunde mit seiner Wasserflasche zurückgekommen ist, hockt er mit hängenden Schultern da. Ich kann es nicht länger mitansehen.

»Was ist los?«

»Hm?«, fragt er und zieht die Augenbrauen zusammen.

»Stimmt was nicht?«, brülle ich ihm direkt ins Ohr.

»Oh. Lea. Sie hat mir das Wasser ausgegeben«, sagt er und zeigt auf die mittlerweile leere Flasche.

»Cool!«

»Nicht wirklich. Das hat sie nur aus Mitleid gemacht. Der Barkeeper hat unsere Getränke zusammengerechnet, und ich hatte nicht genug Geld, um für uns beide zu zahlen. Sie hat gesehen, wie ich in meinen Hosentaschen gewühlt habe. Ich muss wie ein verdammter Loser ausgesehen haben.«

»Dann lädst du sie halt das nächste Mal ein. Du hast doch jetzt den Job in der Bibliothek.«

»Welches nächste Mal? Das hat doch keinen Sinn.«

Ich werfe ihm einen skeptischen Blick zu, und er schmollt noch eine halbe Stunde weiter.

Als ich sehe, dass Lea und ihre Freundinnen gehen, gebe ich ihm ein Zeichen, dass er mit ihr reden soll, aber er schüttelt den Kopf. Ich packe ihn am Arm und zerre ihn hinter mir her, um ihnen den Weg abzuschneiden.

»Sag ihr, dass sie es zurückkriegt«, zische ich.

»Das kriegst du zurück!«, brüllt er, als ich ihn in Leas Hörweite schubse.

Sie sieht ihn verwirrt an, bevor sie mit ihren Freundinnen nach draußen in die Kälte tritt.

»Ich habe mich angehört wie der Fiesling in einem Cartoon. Jetzt hat sie bestimmt Angst vor mir.«

»Du solltest mich ja nicht wörtlich zitieren!«

»Ich habe dir doch gesagt, dass ich in so was schlecht bin.«

»Ich hätte auf dich hören sollen.«

Eichhörnchen!

Der Junge kommt über den Rasen, aber ich bin zu hungrig, um ihm zu folgen.

Dann kommt das Mädchen, und ich mache Männchen und hoffe, dass sie mich bemerkt und stehen bleibt, um sich mit mir zu unterhalten. Und um mir was zu futtern zu geben.

Ich kann schon wieder meine Eicheln nicht finden, und bald wird es schneien.

Dann werde ich meine Eicheln nie wiederfinden.

»Hey, Kleiner«, sagt sie, als sie mich sieht.

Ich plustere meinen Schwanz auf und blinzle sie an.

»Heute habe ich leider nichts zu essen für dich.«

Sie zieht die Mundwinkel nach unten.

»Du siehst ja ganz dünn aus.«

Ich versuche, ebenfalls die Mundwinkel nach unten zu ziehen.

»Nächstes Mal bringe ich dir was mit. Versprochen.«

Glücklicherweise werde ich von meinem Hunger durch ein Blatt abgelenkt, das auf einem kräftigen Windstoß ein Rad schlägt. Ich beschließe, ihm nachzujagen.

Charlotte (Barista bei Starbucks)

Es ist schon eine Weile her, dass ich Gabe und Lea gesehen habe, aber das ist auch kein Wunder, in Anbetracht der Jahreszeit. Deshalb freue ich mich beinahe, als Gabe am Dienstagnachmittag hereinspaziert. Er bestellt einen Kaffee und setzt sich mit seinen Hausaufgaben an einen Tisch. Etwa zehn Minuten später kommt Lea durch die Tür. Ihre Augen leuchten, und sie sieht so anmutig aus, dass ich sie dafür hasse, und mir gleichzeitig wünsche, ich wäre mehr wie sie.

»Hallo«, sage ich, als sie an die Theke kommt.

»Hi«, sagt Lea. Sie wirkt glücklich, dabei glaube ich nicht, dass sie Gabe schon bemerkt hat. Als hätte er meine Gedanken gehört, taucht er neben ihr auf.

»Hi«, begrüßt er sie.

Sie sieht verwirrt aus. »Hey.«

»Der Kaffee geht auf mich«, sagt er.

»Oh, das ist wirklich nicht nötig.«

»Nein, aber ich möchte gern«, beharrt er und holt tief Luft.

»Ich kann mich erinnern, dass ich es neulich Abend wie ein Cartoon-Fiesling angedroht habe.«

»Du hattest wirklich was von einem Schurken aus einem Zeichentrickfilm.«

Ihr Gespräch macht mich perplex. Im vergangenen Monat ist eindeutig etwas zwischen ihnen passiert. Das letzte Mal, als ich sie gesehen habe, haben sie sich kaum gegrüßt, und jetzt steht Gabe hier und gibt ihr einen Kaffee aus. Hoffentlich kommt Keith bald aus seiner Pause. Er wird sich so ärgern, dass er das verpasst hat!

»Ich habe dir doch kein Getränk ausgegeben, damit ich eins zurückkriege«, sagt sie. »Es ist einfach geschehen.«

»Warum hast du dann gesagt …« Er verstummt und schüttelt den Kopf. »Hör zu, meine Tante schenkt mir zu so ziemlich jeder Gelegenheit Starbucks-Karten. Sie hat mir einen Fünfzig-Dollar-Gutschein zu Weihnachten geschenkt. Wahrscheinlich hat sie Starbucks-Aktien oder so. Also lass mich dir einen Kaffee ausgeben.«

Sie sperrt den Mund auf. »Das ist mehr, als ich dich je habe sagen hören, außerhalb des Seminars.«

Das war die falsche Antwort. Er presst die Lippen zusammen und läuft bis zu den Ohrenspitzen feuerrot an. Seine Schultern verkrampfen sich, und seine Augen huschen durch den Raum. Dieses Gespräch hat sich von einer amüsanten Unterhaltung in etwas verwandelt, das ich mir keine drei Sekunden länger angucken kann. Greifbares Fremdschämen.

»Tut mir leid«, sagt sie leise und legt ihm die Hand auf den Arm. »Das war nicht böse gemeint. Es ist gut, dich reden zu hören.«

Er stößt einen tiefen Seufzer aus und verdreht die Augen. »Schon in Ordnung. Solche Sprüche bekomme ich öfter zu hören. Ich bin halt kein großer Redner.«

»Das habe ich auch schon gemerkt.«

»Lass mich deinen Kaffee bezahlen«, sagt er und neigt charmant den Kopf zur Seite.

»Na gut.« Sie dreht sich zu mir. Die Spannung, die noch vor zwei Sekunden in der Luft lag, ist wie durch Zauberhand verschwunden, weil sie nachgegeben hat. »Einen großen Peppermint Latte, bitte.«

Er bleibt bei ihr stehen, während sie auf ihr Getränk wartet, und ich höre ihn sagen: »Möchtest du, äh, vielleicht, äh, du kannst natürlich nein sagen ... Vielleicht könntest du dich, wenn du magst, zu mir setzen?« Ich muss leider zugeben, dass es ungemein gewinnend ist, wie er die Hände tief in den Taschen vergräbt, mit der Schuhspitze gegen die Bodenkacheln tippt und sich nicht traut, sie anzuschauen. Ich wünschte, die anderen wären hier, die würden diese Show viel mehr genießen als ich.

Schade allerdings, dass er sie nicht anschaut, denn das restlose Entzücken in ihrem Gesicht ist noch hinreißender als der Anblick junger Welpen. Sie sieht aus wie das glücklichste Mädchen der Welt.

»Das würde ich gern«, sagt sie.

Da schaut er sie doch noch an und lächelt. »Ja?«

»Ja.«

Keith kommt aus der Pause, als Gabe und Lea sich setzen.

»Heilige Scheiße!«, flüstert er. »Sie sitzen zusammen an einem Tisch!«

Ich lache und berichte ihm die Ereignisse der letzten Minuten.

Sie sitzen fast eine Stunde lang an dem Tisch am Fenster. Sie reden nicht viel, aber sie sehen sich immer wieder über ihre Bücher hinweg an. Irgendwie flirten sie ohne Worte.

Es wäre ekelhaft, wenn es nicht so süß wäre.

Bank (auf dem Rasen)

Den ganzen verdammten Winter lang sitzt niemand auf mir, bis auf dieses idiotische Eichhörnchen. Jetzt schneit es auch noch, und ich werde wochenlang von dem nasskalten Zeug bedeckt sein, und die ganze Zeit über wird sich kein einziger Hintern sehen lassen.

Da gehen sie, all die Undankbaren, Stunde um Stunde, Tag für Tag, Woche für Woche, an mir vorbei. Niemand würdigt mich eines Blickes, kein einziger anständiger Sitzer unter ihnen.

Keiner hat Zeit für Bänke im Winter.

Wenn ich könnte, würde ich mir Stacheln wachsen lassen. Das würde ihnen eine Lehre sein, wenn der Frühling kommt und die Vögel zwitschern und die Sonne scheint. Sie würden sich setzen, und ich würde meine Stacheln geradewegs in ihre runden Hinterteile sprießen lassen. Das würde ihnen die Undankbarkeit austreiben.

Februar

Pam (Ingas Frau)

Inga beäugt mich misstrauisch, als sie mich vor dem Fenster ihres Seminarraums entdeckt. Sie winkt mich herein.

»Hi«, sagt sie und kommt mit besorgter Miene auf mich zu. »Ist alles okay?«

»Ja, ich wollte nur draußen auf dich warten und fragen, ob du mit mir Mittagessen gehst.«

Ich schaue mich im Raum um. Gedämpftes Stimmengewirr liegt in der Luft. Die Studenten arbeiten paarweise zusammen. Ich kann sofort sehen, warum Inga diese Gruppe so mag.

»Und einen Blick auf mein Pärchen werfen, was?«, flüstert sie mit zusammengebissenen Zähnen.

»Das vielleicht auch.«

Sie macht ein albernes Gesicht. »Ich bin sicher, du kommst allein darauf, wer es ist.«

Ich mustere die Studenten aufmerksam. Sie hat recht. Nach allem, was sie mir von ihnen erzählt hat, sind sie leicht auszumachen. Ihre Tische sind nah aneinandergerückt, und sie reden leiser als die anderen, aber ihre Körpersprache ist vielsagend.

Ich verstehe, was Inga an ihnen findet.

»Wie viele Silben hat ›Lächeln‹?«, fragt einer der Studenten.

»Sie arbeiten an einem Haiku«, erklärt Inga mir.

Ich beobachte Gabe und Lea, bis Inga den Unterricht beendet.

»Sie sind faszinierend«, sage ich, als sie die Tür abschließt.

»Nicht wahr? Sie weiß genau, wie sie ihn zum Lachen bringt, und er strahlt jedes Mal, wenn sie was sagt.«

»Endlich«, sage ich.

»Endlich«, stimmt sie zu.

Bob (Busfahrer)

Ich sitze in meiner Pause auf einer Bank vor dem Studierendenhaus, als ich meine beiden Lieblingsfahrgäste sehe. Sie scheinen in letzter Zeit gar nicht mehr den Bus zu nehmen, deshalb ist es schön, sie mal wieder zu Gesicht zu kriegen. Das Mädchen kommt aus der Tür, als der Junge gerade hinein will.

»Hi, Gabe«, sagt sie.

»Lea«, erwidert er.

Ich freue mich, ihre Namen zu hören. Jetzt wird es mir noch mehr Spaß machen, Margie von ihnen zu erzählen.

Sie bleiben mitten im Fluss der Studenten stehen, die um sie herumströmen, und schauen sich an.

»Hast du …«, setzt sie an, als er sagt: »Kann ich …«

Ich werde nie erfahren, was sie sagen wollten, denn in diesem Moment rempelt ihn jemand von der Seite an, und sie scheinen beide den Faden zu verlieren.

»Ich sollte wohl mal …«, sagt er und zeigt in die andere Richtung.

Sie nickt und deutet mit dem Kopf zum Studierendenhaus.

Sie erinnern mich wirklich an Margie und mich, abgesehen von drei kleinen Unterschieden: Wir haben uns in einer Go-go-Bar kennengelernt, wir haben nicht studiert, und Margie ist keine Asiatin. Aber wenn man von diesen Kleinigkeiten absieht, sind sie genau wie wir. Deshalb freut sich Margie immer schon auf Geschichten über sie. Manchmal denke ich mir was aus, weil ich sie in letzter Zeit so selten gesehen habe.

Aber jetzt kann ich ihr von dieser kurzen Begegnung berichten, und wie schüchtern und ungeschickt sie waren, aber wie glücklich, sich zu sehen. Das ist unsere kleine private Seifenoper, von der sonst niemand weiß.

Als die beiden weg sind, blättere ich weiter in meiner Zeitung. Ich friere mir fast den Hintern ab, aber ich brauche ein bisschen frische Luft, bevor ich mich wieder in den stickigen Bus quetsche.

Ich habe gehört, dass es im Laufe der Woche viel Schnee geben soll, angeblich mehr als in den letzten Jahren. Hoffentlich schließen sie dann das College, denn ich hasse es, in der Pampe herumzufahren. Nennt mich einen schlechten Fahrer, nennt mich einen Angsthasen, aber niemand sollte bei Schnee und Eis auf den Straßen unterwegs sein.

Casey (Kumpel von Gabe)

Ich betrete den Fahrstuhl im Wohnheim, ohne mich vorher über die Klingel anzumelden, und drücke den Knopf für den neunten Stock. Ich laufe den Gang hinunter und klopfe an seine Tür. Hoffentlich ist er da.

»Hey«, sagt er, als er mir aufmacht.

»Es schneit.«

»Ich weiß.«

»Wir gehen alle raus, Football spielen, und ich bin höchstpersönlich gekommen, um deinen Arsch nach draußen zu schleifen.«

Er zieht den linken Ärmel hoch und zeigt mir einen Verband um seinen Ellbogen.

»Was ist passiert?«

»Ich habe am Wochenende die Drähte rausbekommen. Hörst du mir jemals zu?«

»Anscheinend nicht«, gebe ich zu. »Heißt das, dass du nicht mitkommen kannst?«

Er verdreht die Augen. »Ich kann mitkommen, aber ich sollte nicht unbedingt mit einer frischen Naht am Arm Football spielen.«

»Du könntest unser Cheerleader sein. Ich habe gehört, dass Lea vielleicht kommt«, sage ich.

Bei diesen Worten lebt er auf, doch dann runzelt er die Stirn. »Okay, ich muss nur noch was Warmes zum Anziehen finden.«

Ich schiebe mich in sein winziges Zimmer. Es ist quasi eine Mönchszelle, kaum groß genug für die übliche Wohnheimeinrichtung, bestehend aus Bett, Schreibtisch und Kommode. Ich betrachte die Fotos an seiner Pinnwand, während er sich anzieht.

Als er fertig ist, trägt er eine Jogginghose und seinen Baseball-Pulli von der Highschool.

»Ich trage noch ein paar Schichten drunter, und ich habe den Ellbogen extra gepolstert.«

»Wo wirst du eigentlich nächstes Jahr wohnen? Hast du schon mal darüber nachgedacht?«, frage ich.

Er zuckt die Schultern und zieht sich seine Skijacke über. »Vielleicht kann ich noch ein Jahr hierbleiben. Ich bin vielleicht nicht der beste Mentor, aber es ist nett, dass das College einen Weg gefunden hat, mein verlorenes Stipendium auszugleichen. Und eigentlich mache ich meinen Job gar nicht so schlecht.«

»Wenn das nicht klappen sollte – bei uns im Haus wird bestimmt ein Zimmer frei. Du könntest bei mir und Sam einziehen.«

»Wollt ihr auch nach eurem Abschluss da wohnen bleiben?«

»Ich weiß noch nicht, wahrscheinlich schon. Wir halten dich auf dem Laufenden.«

»Das würde ziemlich teuer werden«, murmelt er.

»Du bist zu jung, um dir so viele Sorgen um Geld zu machen.«

Gabe lacht, zieht seine Handschuhe an und stopft sich eine Mütze in die Tasche.

»Alles klar, auf geht's.«

»Tut mir leid, dass ich das mit deinem Ellbogen vergessen habe«, sage ich, als wir im Aufzug sind.

»Schon okay.«

»Tut es weh?«

Er zuckt die Schultern. »Nicht so schlimm wie nach der ersten Operation. Vor allem die Narben, wo sie die Drähte rausgenommen haben.«

»Ich fühle mich wie ein Arschloch, dass ich das vergessen habe.«

»Ich rede ja auch nicht gerade oft darüber.« Er beginnt, unmelodisch zu pfeifen, und ich verstehe das als Aufforderung, das Thema auf sich beruhen zu lassen.

Wir gehen nach draußen. Obwohl es erst zwei Uhr nachmittags ist, hat das Licht eine seltsame Färbung, als würde es schon dämmern.

»Normalerweise macht der Schnee alles heller«, sagt Gabe und schaut sich um.

»Könnte daran liegen, dass die Wolken so dicht sind.«

»Besten Dank, du Wetterfee.«

»Witzig, dass du die Wetterfee ansprichst, genau die hat nämlich im Fernsehen gesagt, dass die Wolken während des Schneesturms besonders dicht sein würden.«

»Ich glaube, du bist der geborene Meteorologe.«

Der Weg zur Rasenfläche dauert viel länger als sonst, weil der Schnee mindestens zwanzig Zentimeter tief ist.

»Und, was läuft mit Lea?«, frage ich.

»Nicht viel.«

»Wirst du sie, äh … fragen, ob sie mit dir ausgeht oder so?«

»Ich weiß nicht, wie man das macht.«

»Du sagst: ›Hey, Lea, lass uns zusammen ausgehen.‹«

»Ich habe kein Auto.«

»Na und?«

»Ich könnte nicht mal mit ihr ins Kino fahren.«

»Denk mal ein bisschen um die Ecke, Gabe. Du bist so voller Selbstzweifel. Setz dich nicht so unter Druck.«

»Wir werden ja sehen, was passiert, wenn sie heute da ist.«

Auf der Wiese sind schon mehrere Leute, darunter auch Bailey. Er kommt zu uns rübergejoggt.

»Bereit für eine Partie Football?«, ruft er.

»Wir haben seinen Ellbogen vergessen«, erkläre ich und zeige auf Gabe.

»Oh, Mann.« Bailey schlägt sich mit der flachen Hand gegen die Stirn. »Was machst du überhaupt hier? Wir sollten dich in Luftpolsterfolie wickeln und ins Bett schicken.«

»Du klingst wie meine Mom.«

»Ja, ich kann mir vorstellen, dass Mrs Cabrera eine große Befürworterin dieser Idee wäre.«

Gabe verdreht die Augen. »Ich bin nur hier, weil vielleicht …« Er schaut sich um und grinst, ohne den Satz zu beenden. Von der anderen Seite der Wiese stapfen Lea und ihre Freundinnen auf uns zu.

»Bailey hat das für dich eingefädelt. Er hat sich neulich Biancas Nummer besorgt«, erkläre ich Gabe und klopfe ihm auf die Schulter.

»Ich werde mir die Eier abfrieren«, grummelt Gabe.

»Lea wird dir deine Eier schon warmhalten«, sage ich.

»Und jetzt sei ein guter Cheerleader und hock dich auf die Bank«, fügt Bailey hinzu.

»Diese Bank da, die unter einem Schneeberg versinkt?«

»Genau die. Feg den Schnee runter, vielleicht leisten dir die Mädels ja Gesellschaft.«

Er stöhnt, aber er geht zu der Bank, setzt sich die Mütze auf und zieht die Kapuze darüber, bevor er mit den Händen den Schnee von der Bank schaufelt und sich darauffallen lässt.

»Ich fühle mich irgendwie mies«, sagt Bailey.

»Es scheint in Ordnung für ihn zu sein«, sage ich und betrachte Gabe nachdenklich. »Na komm, lass uns anfangen.«

Sam trottet zu uns rüber.

»Warum hast du uns nicht gesagt, dass Gabe gerade die Drähte rausgekriegt hat?«

Er verzieht das Gesicht. »Das hatte ich total vergessen. Ich bin der schlechteste Bruder aller Zeiten.«

Bianca kommt zu uns und will mitspielen. Maribel und Lea gesellen sich zu Gabe. Ich freue mich, als ich sehe, dass Lea sich neben ihn setzt. Unglücklicherweise sitzt Gabe so weit von ihr entfernt wie nur möglich, er klammert sich geradezu an der Armlehne fest.

Während des Spiels verliere ich sie aus den Augen, und irgendwann artet die Partie in eine große Schneeballschlacht aus. Als ich wieder zur Bank schaue, sitzt Gabe ganz allein da und scheint sich mit einem Eichhörnchen zu unterhalten.

Ich mache mir ein bisschen Sorgen.

Bank (auf dem schneebedeckten Rasen)

Aha, aha. Sieht so aus, als würde mich endlich jemand befreien. Wahrscheinlich braucht er den Schnee für Schneebälle oder eine Festung oder so. Aber es fühlt sich gut an, mal wieder den Wind zu spüren, schön erfrischend nach einer Ewigkeit unter dieser weißen Decke.

Was ist denn jetzt los? Setzt er sich etwa auch noch hin? Und kann es sein, dass das mein Lieblingshintern ist, der von damals? Das wird ja immer besser. Dabei war ich davon ausgegangen, dass heute ein weiterer Tag in einer Kette einsamer langer Tage in der Tundra werden würde.

Er wirkt ein bisschen nervös.

Oh, verdammt, das liegt daran, dass sich ein paar Mädchen zu ihm setzen. Schrecklich. Sie bringen alles aus dem Gleichgewicht, und er wird ganz zappelig. Haut ab, ihr Weiber, ihr ruiniert mir den perfekten Hintern!

»Hey, Gabe«, sagen sie mit verschiedenen Graden der Begeisterung. Wenn ihr schon diesen außergewöhnlichen Hintern stören müsst, dann wisst ihn wenigstens zu schätzen!

Er erwidert nichts, aber ich denke, er wird wohl ein Handzeichen geben oder so.

»Wie geht's?«, fragt eins der Mädchen.

Keine Antwort.

»Du bist wohl kein großer Footballfan, was?«, fragt die andere.

Ich fühle, dass er die Schultern zuckt, und ich würde ihm gerne zuflüstern, dass er vielleicht doch mal was sagen sollte.

Es sei denn, er mag diese Weiber nicht. Vielleicht ist er deshalb so angespannt.

Nach einer Weile, die mir sehr lang vorkommt, zu lang jedenfalls, um auf eine Frage zu antworten, sagt er: »Ich habe mich am Ellbogen verletzt.«

»Ist alles in Ordnung?«, fragt eins der Mädchen. Ihre Stimme klingt besorgt.

Wieder braucht er ewig für die Antwort. Was ist mit diesem Typen los?

Ich hoffe, die Weiber verschwinden bald, damit wir zwei uns wieder entspannen können.

Maribel (Leas Mitbewohnerin)

Lea strengt sich an, eine Unterhaltung mit Gabe in Gang zu bringen, aber er ist echt eine harte Nuss. Mir kommt der Gedanke, dass er sehr viel merkwürdiger ist, als ich bisher angenommen habe. Entweder das, oder der Wind verschluckt unsere Stimmen. Ich habe Mitleid mit Lea.

»Für welche Aufgabe hast du dich im Seminar entschieden?«

Er verzieht das Gesicht, als wollte er es zusammenknüllen, und schüttelt den Kopf. Ich bin nicht sicher, ob das eine Antwort auf Leas Frage sein soll, oder ob ihn eine Schneeflocke auf seiner Nase stört.

»Du hast auf der Highschool Baseball gespielt?«, versucht

sie es erneut und zeigt auf das Sweatshirt unter seinem halb geöffneten Mantel. Ich würde ihn am liebsten anschreien, den Reißverschluss hochzuziehen. Es ist schweinekalt, Mann!

Er verschränkt die Arme und lächelt sie an.

»Ich habe Softball gespielt«, murmelt sie.

Man könnte denken, dass wir ihm auf die Nerven gehen, aber er sieht sie viel an. Es ist, als versuchte er, ihre Gedanken zu lesen, statt auf ihre Worte zu hören.

»Mir ist kalt«, sage ich. »Kommt, lasst uns mitspielen.«

Lea wirft Gabe einen entmutigten Blick zu und zeigt auf die anderen. »Wir spielen eine Runde mit.«

Er macht eine witzige Geste, als würde er einen nicht vorhandenen Hut ziehen. Irgendwo da drin scheint er doch ein bisschen Charakter zu haben.

»Das war schmerzhaft«, murmelt sie mir zu, während wir zu den anderen gehen.

»Gut, dass das nicht nur mir so scheint.«

»Ich mache mir keine Illusionen, Mar«, sagt sie. Sie tut mir leid. Auf dem Hinweg war sie so aufgeregt und kribbelig, und jetzt ist sie nur noch verwirrt. Der Junge, den man mag, sollte einen nicht so verwirren.

Ich forme einen Schneeball und ziele auf Casey. Er sieht mich mit gespielter Empörung an und feuert zurück. Dann hält er inne und blickt über meine Schulter. Ich folge seinem Blick und sehe, dass Gabe traurig und verloren dasitzt und sich mit einem Eichhörnchen unterhält.

Eichhörnchen!

Es ist so lange her, dass jemand hier auf dem Rasen gespielt hat, und jetzt sind diese ganzen Leute da und spielen, und ich frage mich, ob sie vielleicht wissen, wo meine Eicheln sind.

Ich flitze im Kreis um sie herum und passe gut auf, dass niemand auf mich drauftritt, wie es meinem Kumpel mal passiert ist. Sein Schwanz war nie wieder der alte. Nachdem ich eine Weile die Bäume hoch und runter geturnt bin, fällt mir auf, dass einer von ihnen allein auf der Bank sitzt.

Er mag das Mädchen, das sehe ich. Eben hat sie noch neben ihm gesessen, aber jetzt ist sie weg, und er sieht traurig aus.

Ich hopse im Zickzack zu ihm rüber und springe auf die Bank. Da bleibe ich ein Weilchen sitzen. Das ist meine Lieblingsbank. Ich freue mich, dass die vielen Leute da sind, aber ich bin traurig, weil dieser Junge so traurig aussieht.

»Das ist doch alles Mist«, murmelt er.

Redet er mit mir?!

Ich gucke zu ihm hoch, und er guckt zu mir runter.

»Wie geht's dir, kleines Eichhörnchen?«

So eine Freude! Hurra! Noch ein Freund. Vielleicht kann er mir mit meinen Eicheln helfen!

»Bist du das gleiche Eichhörnchen, mit dem ich Lea immer reden sehe?«

Ich plustere meinen Schwanz auf und hoffe, dass das die Antwort ist, die er sich wünscht.

»Ich wette, als Eichhörnchen hat man ein gutes Leben. Und ich wette, du bist cooler als ich. Wenn zum Beispiel das Mädchen, das du magst, eine halbe Stunde lang neben dir auf einer Bank sitzt, dann würdest du mit ihr reden. Aber ich konnte sie durch meine Mütze und die Kapuze und den Wind kaum hören. Und ich hätte mich gerne auf die andere Seite gesetzt, weil es da leichter gewesen wäre, aber da saß ihre Freundin, und es gab keine Möglichkeit zu tauschen, ohne dass das komisch ausgesehen hätte. Irgendwann werde ich ihr alles erklären müssen, aber ich will nicht, dass sie mich bemitleidet. Ich rede immer noch nicht gerne darüber.«

Ich wende den Kopf, um ihn richtig anzusehen. Ich habe keine Ahnung, wovon er spricht, aber es macht ihn offensichtlich sehr traurig. Ich muss mir was ausdenken, um ihn fröhlich zu machen.

»Wollen wir gehen?«, fragt einer seiner Freunde. Vielleicht ist er sein Bruder. Sie sehen sich irgendwie ähnlich. Aber alle Menschen sehen sich irgendwie ähnlich, finde ich.

»Ja.«

»Willst du dich von deinem neuen Kumpel verabschieden?«

»Alter, dieses Eichhörnchen ist ein großartiger Zuhörer.«

»Ich wäre auch ein guter Zuhörer, wenn du mir mal die Chance geben würdest.«

Sam (Gabes Bruder)

Gabe schweigt minutenlang vor sich hin, und ich habe das bedrückende Gefühl, dass wir die Hauptdarsteller in einem Problemfilm sind.

»Ich weiß, dass du mir zuhören würdest.«

»Na, das ist ja schon mal was.«

»Ich habe nur nichts zu sagen.«

Ich nicke. »Du musst ja auch nichts Besonderes sagen. Ich weiß, dass das letzte Jahr für dich beschissen gelaufen ist, und das tut mir sehr leid.«

»Danke.«

Wir gehen langsam nach Hause. Ich habe meinen Mitbewohnern gesagt, sie sollten schon mal vorgehen und ohne uns Pizza essen. Gabe hat offensichtlich was auf dem Herzen, und vielleicht wird er darüber reden, wenn wir unter uns sind.

»Ich habe neulich Nacht einen Probealarm verpennt.«

»Ernsthaft?«

»Ja.«

»Ist das überhaupt möglich?«

»Ich bin auf dem gesunden Ohr eingeschlafen und hatte noch die Ohrhörer drin.«

»O Mann.«

»Ich weiß. Das ist echt ein Problem. Ich glaube, ich habe mir nicht eingestanden, wie schlimm es ist.«

»Du könntest … dabei draufgehen.«

»Ich hoffe, dass es irgendwem auffällt, wenn ich nicht da bin, und die Feuerwehrmänner mich dann holen oder so.«

»Gabe, das ist nicht der Moment für dumme Witze.«
»Das ist kein dummer Witz. Ich mache mir nur Mut.«
Mir fehlen die Worte.
»Das Blaulicht hat mich schließlich geweckt, und ich bin zum Notausgang gelaufen, als alle anderen gerade wieder reinkamen.«
»Du solltest das mal untersuchen lassen.«
»Damit finde ich mich auch gerade ab.«
»Hast du Hunger?«
»Natürlich.«
Eigentlich müssten wir jetzt in unsere Straße einbiegen. Stattdessen gehen wir weiter geradeaus und steuern auf den Sandwichladen zu. Ich werde dem Jungen jetzt ein anständiges Hackbällchen-Sandwich kaufen, das ist das Mindeste, was ich tun kann.
Bevor wir reingehen, nimmt er mich beiseite.
»Ich muss das alles erst mal in meinem Kopf sortieren. Manchmal bin ich einfach so überfordert und verwirrt. Und dann fühle ich alles Mögliche. Da sind diese ganzen … Gefühle. Ich hasse es.«
Ich nicke. Das klingt nach ziemlich vielen Gefühlen.
»Ich gehe immer noch zu diesem Seelenklempner, und es wird langsam besser.«
»Gut.«
»Aber heute mit Lea war es wieder richtig beschissen. Es war, als würden alle meine Fehler im grellen Scheinwerferlicht stehen.«
»Sie hat viel mit dir geredet.«
»Ich konnte sie nicht verstehen.«

»Das muss nicht so sein.«

»Glaub mir, zu dem Schluss bin ich auch schon gekommen.«

»Cool. Sonst müsste ich irgendeinen Großer-Bruder-Vorteil geltend machen, um dir zur Seite zu stehen.«

Er schubst mich aus dem Weg, geht in den Laden und schließt die Tür hinter sich, bevor ich weiß, wie mir geschieht.

»Du hast keinen Großer-Bruder-Vorteil mehr, seit ich dir auf den Kopf spucken kann. Also seit der siebten Klasse«, murmelt er, als ich mich hinter ihn in die Schlange stelle.

Ich erwidere nichts.

»Ich werte dein Schweigen als Zustimmung«, sagt er ernst.

Ich pruste los. In Sachen kleiner Bruder habe ich wohl einen echten Glücksgriff gemacht.

Danny (guter Freund von Lea)

»Er jobbt in der Bibliothek!«, verkünde ich Lea und umarme sie.

»Gabe?«, fragt sie.

»Ja.« Ich habe mich damit abgefunden, dass Gabe niemals mein sein wird, also werde ich Lea so gut wie möglich darin unterstützen, ihn zu erobern. »Komm, wir stalken ihn.«

Ich hake mich bei ihr unter, und wir gehen zur Bibliothek.

»Du wirkst nicht gerade begeistert«, stelle ich fest, als wir durch die Eingangstür treten.

»In letzter Zeit ist es mit ihm irgendwie komisch.«

»Komisch inwiefern?«

»Na ja, eine Zeitlang lief es echt gut. Es war lustig und ganz normal. Immer, wenn wir uns gesehen haben, haben wir uns unterhalten und sogar ab und zu zusammen abgehangen.«

»Aber …?«

»Aber dann habe ich ihn beim Football getroffen, als es geschneit hat. Wir haben zusammen auf der Bank gesessen, weil er am Ellbogen verletzt war und nicht spielen konnte«, beginnt sie.

»Am Ellbogen verletzt, wie süß«, werfe ich ein und lege die Hand aufs Herz.

Sie lächelt. »Ich habe mit ihm geredet und ihn alles Mögliche gefragt, und er hat einfach nicht geantwortet. Er hat vielleicht mal die Schultern gezuckt, aber er hat kein Wort gesagt. Ich dachte, darüber wären wir hinaus, weißt du?«

Ich schaue so mitfühlend wie möglich.

»Egal, ich kann ihm nichts vorwerfen. Er hat ja nichts falsch gemacht. Aber es fühlt sich so an, als hätte er an dem Nachmittag bei Starbucks seine Schulden beglichen und wollte jetzt nichts mehr mit mir zu tun haben.« Ihre Schultern sinken nach unten. Wir stehen vor dem Fahrstuhl.

Ich lege ihr einen Finger unters Kinn und hebe ihr Gesicht an. »Sei nicht so traurig.«

Sie macht einen dramatischen Schmollmund und schiebt meine Hand weg. Ich nehme ihren Arm und ziehe sie in den Aufzug.

»Wir finden diesen Jungen jetzt und zwingen ihn, mit dir zu reden.«

»Das klingt so nach Folter«, sagt sie.

»Okay, dann suchen wir uns eben einen Tisch mit guter Aussicht oben auf der Galerie, und du beobachtest ihn aus der Ferne.«

»Der Plan gefällt mir besser.«

Wir finden einen Tisch, von dem aus man einen guten Blick über den Lesesaal hat. Wir lernen eine Weile, machen Quatsch und reden mehr, als dass wir wirklich arbeiten würden. Irgendwann blickt Lea nach unten in den ersten Stock und erstarrt.

»Da«, flüstert sie.

Da ist Gabe mit einem Wagen voller Bücher. Ich kann den Blick einfach nicht von den Bewegungen seiner Schultermuskeln abwenden, während er schiebt.

»Bestimmt tut sein Ellbogen noch weh«, sagt sie.

»Er scheint die eine Seite zu schonen.«

Lea stützt das Kinn auf und lässt ihn nicht aus den Augen, bis er außer Sichtweite ist.

»Du magst ihn wirklich«, sage ich.

»Ja«, sagt sie. »Aber er ist blöd. Er steht einfach nicht auf mich. Wenn du auf jemanden stehst, hockst du doch nicht dreißig Minuten lang in der Eiseskälte neben ihm und sagst kein Wort. Du schweigst ihn nicht im Seminar an und ignorierst ihn nicht bei jeder Gelegenheit.«

Ich nicke. Das ist ein Argument.

»Lass uns verschwinden«, sagt sie. »Ich komme mir lächerlich vor.«

Als wir unsere Sachen zusammenpacken, bimmelt der Fahrstuhl hinter uns, und wie es der Zufall will, kommt Gabe heraus.

Lea sieht ihn an, und er winkt ihr zu. Sie macht einen halben Schritt in seine Richtung, dann bleibt sie stehen und schüttelt kaum merklich den Kopf.

Sie dreht sich zu mir und nimmt meinen Arm. »Lass uns gehen.«

Ich sage nichts, während wir die Treppen runterlaufen und zum Ausgang gehen.

»Was sollte das?«, frage ich, als wir draußen sind.

»Keine Ahnung. Ich glaube, ich muss aufhören, mich mit ihm zu quälen.«

»Er wollte doch offensichtlich mit dir reden.«

»Oder vielleicht hätte ich mal wieder das Reden übernommen, und er hätte mich ignoriert. Ich habe keine Lust mehr auf dieses Spiel.«

Ich ziehe die Mundwinkel herab, dann nehme ich sie bei der Hand und schleppe sie ins Studierendenhaus. »Ich glaube, du brauchst jetzt einen Frozen Yogurt.«

Casey (Kumpel von Gabe)

»Du siehst aus, als hätte jemand deinen Hund ermordet«, begrüße ich Gabe, als er nach seiner Schicht aus der Bibliothek kommt. Wir sind zum Abendessen verabredet. Er hat mir großzügig angeboten, von seiner Mensakarte Gebrauch zu machen.

»So fühle ich mich auch«, sagt er und runzelt die Stirn, während wir auf die Mensa zusteuern.

»Willst du darüber reden?«

»Lea war mit einem Typen in der Bibliothek«, sagt er nach einem Millionen Jahre langem Schweigen.

»Na und?«

Er zuckt die Schultern. »Sie hat mich gesehen, ich habe ihr gewinkt, und sie ist gegangen.«

»Autsch«, sage ich und bereue es sofort. Ich will ihn nicht noch mehr runterziehen. »Vielleicht solltest du sie nach dem Typen fragen, wenn du sie das nächste Mal siehst.«

»Ich weiß nicht. Sie wirkten so vertraut. Ich habe ihn nicht richtig gesehen, aber er hat ihr die Hand auf die Wange gelegt und sie umarmt.«

»Das muss nichts heißen. Vielleicht sind sie nur Freunde.«

»Irgendwie sah das nach mehr als Freundschaft aus.« Er reicht der Frau an der Kasse seine Karte und bittet sie, ein zusätzliches Gericht abzurechnen. Sie zieht sie zweimal durch den Scanner.

Er sagt nicht viel, während wir unsere Teller holen, uns an einen Tisch setzen und zu essen beginnen.

»Dabei hatte der Tag so gut angefangen«, murrt er, während er in seinen Cannelloni herumstochert.

»Warum musst du das an den armen Teigwaren auslassen?«, frage ich. Zur Antwort zieht er eine Grimasse.

»Ich bin aufgewacht und hatte gute Laune. Ich hatte das

Gefühl, ich könnte es schaffen. Das Leben ist nicht perfekt, und alles läuft mal scheiße, aber es könnte noch viel schlimmer sein. Ich verdiene Geld. Ich habe Freunde, und in meinen Seminaren läuft es dieses Semester auch besser. Ich mag sogar meinen Job als Mentor. Den Erstsemestern mit ihren Problemen zu helfen, hilft mir irgendwie auch.«

Ich bin kurz davor, Sam eine SMS zu schreiben, während Gabe redet, um ihm mitzuteilen, *dass* Gabe redet, und noch dazu über etwas Wesentliches. Aber ich weiß nicht, was ich erwidern soll. Ich bin ganz schlecht in diesen Gefühlsangelegenheiten.

»Ich will dir nicht die Ohren vollheulen. Ich schätze, ich hatte endlich das Gefühl, dass das mit Lea und mir irgendwohin führt, und dann taucht sie auf einmal in der Bibliothek auf und kuschelt mit diesem Typen rum.«

»Das ist echt zum Kotzen. Wenn ich es ändern könnte, würde ich es tun.«

»Ja, ich weiß. Danke. Weißt du, ich komme nicht mit dem Gedanken klar, dass ich ihr, wenn irgendwas zwischen uns laufen sollte, diesen ganzen lächerlichen Kram über mich erzählen muss.«

»Es ist nicht lächerlich.«

Er seufzt. »Ich weiß. Aber in meinen Augen ist es eben doch lächerlich, und ich will nicht, dass sie mich lächerlich findet … In meinem Gehirn ist alles so kompliziert. Ich kann mir nicht vorstellen, ihr zu erzählen, was passiert ist.«

»Vielleicht solltest du zuerst mit anderen Leuten darüber reden? Über das, was passiert ist. Vielleicht würde dich das desensibilisieren.«

Er sieht mich fragend an.

»Ich belege dieses Semester ein Psychologie-Seminar. Da lernt man jede Menge Mädels kennen!«

»Dann sollte ich mir deinen Rat wohl zu Herzen nehmen.«

»Ich sage ja nur, dass Desensibilisierung eine anerkannte Therapieform ist.«

Er bewirft mich mit einer Erbse.

März

Eichhörnchen!

»Hey!«, sagt der Junge. »Haben wir beide uns nicht schon mal unterhalten? Ich frage mich, ob du dich an mich erinnerst. Haben Eichhörnchen ein Gedächtnis?«

Er wirft mir ein paar Krümel von seinem Sandwich zu. Ich habe schon seit Wochen keine Eichel mehr in den Magen bekommen, deshalb schmecken die Krümel besonders gut. Ich habe andere Dinge zu fressen gefunden, aber nichts so Gutes wie Brotkrümel.

»Ich habe mir vorgenommen, meiner Dozentin etwas über mich zu erzählen.« Er beugt sich vor, stützt die Ellbogen auf die Knie und zuckt zusammen. »Aua. Ich vergesse immer meinen Ellbogen. Normalerweise geht es, aber ich habe gerade die Drähte rausbekommen, deshalb kann ich mich nicht aufstützen.«

Ich starre ihn an.

»Es ist so … es ist eigentlich gar kein großes Ding. Ich habe nur in meinem Kopf ein großes Ding draus gemacht. Dabei passieren laufend irgendwelche Autounfälle.«

Ich hüpfe auf die Bank und setze mich neben ihn.

»Aber die meisten Leute verlieren wohl nicht so viel dabei.«

Ich drehe den Kopf und sehe ihn an, und er legt noch ein paar Krümel für mich auf die Bank.

»Oder sie verlieren mehr als ich.«

Er steht auf.

»Okay, Zeit, mit Inga zu reden. Ich glaube, ich bin so weit.«

Er wirft mir noch einen Blick zu.

»Du bist echt ein guter Zuhörer.«

Pam (Ingas Frau)

Als ich nach Hause komme, zerrt mich Inga sofort ins Wohnzimmer, bugsiert mich auf die Couch und reicht mir ein Glas Wein.

»Ich hatte heute einen Durchbruch mit Gabe«, verkündet sie ganz aufgeregt.

»Dir ist schon klar, dass du nicht seine Therapeutin bist?«, erinnere ich sie.

Sie hebt die Augenbrauen.

»Ich will ja nur sichergehen.«

Die Augenbrauen schrauben sich höher.

»Ich glaube, ich habe noch nie erlebt, dass dir zwei Studenten so nahegingen.«

»Es sind so liebe Kids«, sagt sie.

Ich nicke und nehme einen Schluck Wein.

»Jedenfalls muss ich dir unbedingt erzählen, was passiert ist. Ich hätte dich fast bei der Arbeit angerufen.«

Ich setze mich aufrechter hin und spitze die Ohren.

»Also, er kam heute zu mir in die Sprechstunde«, beginnt sie, und ihre Begeisterung ist so spürbar, dass sie mich mitreißt. »Und er wollte wissen, ob ich finde, dass er in dem Seminar gute Arbeit leistet.«

»Und du hast natürlich ja gesagt.«

»Ja. Er meinte, er müsse sich ein neues Hauptfach suchen, wegen einer Sache, die letztes Jahr passiert ist.«

»Was ist denn passiert?« In dem Augenblick merke ich, dass ich fast genauso gefesselt bin wie sie.

»Er hatte einen Autounfall. Er hat auf einem Ohr das Gehör verloren und seinen Ellbogen zertrümmert.«

Ich schlage die Hand vor den Mund. »Das ist ja schrecklich.«

»Ja. Und das Schlimmste ist, dass er nie wieder Baseball spielen kann.«

»Er hat Baseball gespielt?«

»Ja. Er hatte sogar ein Stipendium.«

Ich schüttele traurig den Kopf. Das Ganze ist so ungerecht.

»Er hat gesagt, dass er Unterstützung hat. Er geht zu einem Therapeuten, weil er Schwierigkeiten hat, mit den Auswirkungen des Unfalls klarzukommen. Vor allem mit dem Teilverlust seines Gehörs.«

»Der arme Junge.«

»Wenigstens hat das College ihm einen Job als Mentor in einem der Wohnheime angeboten, so dass er nicht für die Unterkunft zahlen muss. Das ist immerhin etwas.«

»Das wird nicht leicht sein.«

»Ich weiß, aber es erklärt so vieles.«

»Das stimmt.«

»Er hat sich also gefragt, ob ich glaube, dass er gut genug ist, um Englisch zu seinem Hauptfach zu machen. Wir haben über die Berufsaussichten gesprochen und darüber, was für ein Leben er sich vorstellt. Vor dem Unfall hat er Sportdidaktik studiert, weil er Baseballtrainer werden wollte. Die Möglichkeit hat er jetzt nicht mehr.«

»Das muss ein fieser Unfall gewesen sein, wenn er nicht mehr spielen kann.«

»Ich weiß. Es ist wirklich traurig.«

»Hat er schon etwas entschieden?«

»Na ja, es ist ganz lustig. Nachdem wir uns eine Weile unterhalten hatten, meinte er, er könne sich vorstellen, irgendeinen Beratungsberuf zu ergreifen. Er erzählte mir von den Erstsemestern, die er berät, und dass es ihm wirklich Spaß macht. Es war schön, ihn so begeistert zu sehen.«

»Klingt nach einem guten Tag.«

»Das war es wirklich.«

Casey (Kumpel von Gabe)

»Hey!«, rufe ich, als ich Gabe am Donnerstag vor den Osterferien aus einem Bürogebäude in der Stadt kommen sehe. Ich jogge, um ihn einzuholen.

»Hey!«, wiederhole ich, da er mich offensichtlich nicht gehört hat, und berühre seinen Arm.

»Oh, hi«, sagt er und lächelt.

»Was machst du hier?«

»Ähm, also, da ist die Praxis von meinem Therapeuten«, sagt er und macht eine vage Geste.

»Oh.« Mir fällt nichts anderes ein. »Wie läuft es?«

Er denkt eine Minute nach. »Richtig gut.«

»Cool.«

»Was machst du hier?«, fragt er.

»Ich musste einen neuen Parkausweis beantragen, aber bei der Behörde kann man so schlecht parken, deshalb bin ich hingelaufen, und jetzt laufe ich wieder zurück.«

Er schüttelt den Kopf und verdreht die Augen. »Keine Parkplätze bei der Parkplatzbehörde? Manchmal ist die Welt echt verrückt.«

»Was machst du jetzt?«

Er lässt seine goldene Starbucks-Karte aufblitzen.

»Tante Kate schlägt wieder zu?«

»Die Frau ist nicht zu bremsen. Ich mag Starbucks-Kaffee nicht mal besonders. Ich mag Kaffee im Allgemeinen nicht besonders. Aber so langsam kriegen sie mich. Nach manchen der Gebäcksorten bin ich mittlerweile richtig süchtig.«

»Dann los«, sage ich. Der Weg ist nicht weit, und wir sind wenig später da.

»Hallo«, sagt Gabe zu dem Mädchen hinter der Theke, als wir bestellen. CHARLOTTE steht auf ihrem Namensschild. »Lange nicht gesehen.«

Das Mädchen verdreht die Augen, aber sie lächelt. »Ich bin beim Schlittschuhlaufen ausgerutscht und habe mir den Knöchel gebrochen.«

»Ich hatte letztes Jahr einen Autounfall und habe mir dabei den Ellbogen zertrümmert und auf dem linken Ohr das Gehör verloren.«

Sie sieht ihn mit großen Augen an. »Ist das jetzt ein Wettbewerb?«

Gabe lacht, aber ich bin wie vom Blitz getroffen. Ich glaube nicht, dass ich ihn schon mal so locker erlebt habe. Ich frage mich, ob sein Therapeut ihn bei den Sitzungen mit Drogen vollpumpt. Oder vielleicht hat er ihn hypnotisiert und vergessen, ihn wieder aufzuwecken. Wir nehmen unsere Getränke und suchen uns einen freien Tisch.

»Ich habe heute mit meinem Therapeuten über diese Desensibilisierungs-Geschichte gesprochen«, erklärt er, bevor ich die naheliegende Frage stellen kann.

»Was du nicht sagst.«

Er beißt sich auf die Lippe und denkt nach. »Okay, also, Folgendes«, sagt er. »Ich habe in letzter Zeit viel darüber nachgedacht, über mein kaputtes Ohr. Der Arzt hat gesagt, dass es vielleicht besser werden könnte. Nicht wie durch ein Wunder, aber, du weißt schon, ich bin jung und es könnte eben besser werden. Und mein anderes Ohr würde das Defizit ausgleichen oder so. Ich dachte, vielleicht werde ich irgendwann richtig gut im Lippenlesen, aber das dauert wohl noch. Ich starre den Leuten die ganze Zeit auf die Lippen, und es bringt mir gar nichts.«

Ich nicke. »Wäre cool, wenn dafür deine anderen Sinne besser würden. Wie bei Daredevil. Was macht dein Geruchssinn, Gabe?«

»Daredevil ist blind, du Arschgesicht.«

»Könnte doch trotzdem passieren.«

»Das habe ich mir ja auch eingeredet. Aber jetzt ist es schon über ein Jahr her, und es schränkt mich im Alltag wirklich ein. Es macht das Studium schwieriger, und es macht es komplizierter, mit Leuten zu reden. Ich war ja noch nie gut darin, mit Leuten zu reden, aber wenn du sie noch dazu nicht hören kannst, ist es quasi unmöglich.«

»Was sagen deine Eltern dazu?«

Er seufzt. »Ich habe mit ihnen darüber gesprochen, als ich das letzte Mal zu Hause war. Ich glaube, sie waren erleichtert, dass ich endlich mal zugegeben habe, dass es mir nicht so gut geht.«

»Und was passiert jetzt?«

»Ich habe in den Ferien einen Termin bei einem Audiologen. Ich weiß nicht genau, wie lange das alles dauert, aber es ist immerhin ein Anfang.«

Ich nicke. »Das hört sich doch ganz vielversprechend an.«

»Es kostet viel Geld. Ich mache mir deshalb Vorwürfe. Vor allem, weil sie noch eine Hypothek aufnehmen mussten, um meine Krankenhausrechnungen zu bezahlen.«

»Haben sie keine Krankenversicherung?«, frage ich.

»Doch, natürlich, aber dieses ganze Zeug kostet auch mit Versicherung eine Menge Geld.«

Ich gebe mir Mühe, mein Interesse zu zeigen, damit er weiterredet.

»Und was kostet ein Hörgerät?«, frage ich.

»Vielleicht tausend Dollar oder so, kommt darauf an, was ich brauche. Aber ich weiß gar nicht, ob mir ein normales Hörgerät weiterhelfen würde. Es gibt noch eine andere Art Hörgerät, das Töne von deiner tauben Seite auf die gesunde Seite sendet.«

»Das hast du aber gründlich recherchiert.«

»Tja, ich arbeite ja jetzt in der Bibliothek, da muss ich schließlich meine Recherchefähigkeiten verfeinern.«

»Aber das klingt doch nach verdammt guten Neuigkeiten.«

»Allerdings! Es ist ziemlich cool. Es gibt auch noch so andere kabellose, winzige Dinger, die man kaum sehen kann. Aber es ist trotzdem schwer, weil ich erst mal mit der Vorstellung klarkommen muss, dass ich ein Hörgerät brauche.«

»Das ist doch nicht schlimm.«

»Nein, ist es nicht. Aber irgendwie doch. Es ist ein Handicap. Mit mir stimmt etwas nicht, und die Leute können das sehen, ich kann es nicht verstecken.«

»Deshalb wolltest du nicht darüber reden«, sage ich, als meinem idiotischen Gehirn endlich ein Licht aufgeht.

»Ja. Ich will, dass alles normal ist. Aber je stärker ich mir einrede, dass alles normal ist, desto schlechter fühle ich mich. Und ich habe diese ganzen Schuldgefühle, weil ich am Leben bin und weil es mir gutgeht. Niemand ist gestorben. Ich sitze nicht im Rollstuhl, und ich bin nicht blind. Ich bin nur ein bisschen taub, und ich kann nicht mehr Baseball spielen. Aber im Vergleich zu anderen Dingen ist das nichts.«

»Trotzdem ist es einiges zu verdauen«, sage ich.

»Nett, dass du das sagst. Manchmal denke ich das auch, und manchmal denke ich, dass ich mich unglaublich anstelle. Es tut gut, es jemand anderen sagen zu hören.«

»Okay. Also.« Ich zähle die einzelnen Punkte an meinen

Fingern auf. »Wir haben die Realitätsverleugnung, die Geldprobleme, die Schuldgefühle. Sonst noch was?«

»Nein, das war's.«

»Ganz abgesehen von den anderen Vorteilen eines Hörgeräts – ist dir eigentlich klar, dass die Leute dann sehen, warum du nicht gleich reagierst? Sie werden nicht mehr denken, dass du sie ignorierst.«

»So habe ich das noch gar nicht betrachtet.«

»So solltest du das aber betrachten«, sage ich und lehne mich in meinem Stuhl zurück. »Und bestell Tante Kate meinen Dank für diesen sauleckeren Caramel Macchiato, wenn du sie das nächste Mal siehst.«

»Das werde ich.«

»Dann ist unsere Sitzung hiermit beendet.«

Maribel (Leas Mitbewohnerin)

Als ich vom Chemiekurs nach Hause komme, hängt ein Zettel an meiner Tür. Anscheinend vermisst Bianca meine »verdammte Visage«. Ich werfe meine Sachen aufs Bett und mache mich auf den Weg nach oben, um zu sehen, was sie treibt.

»Hallo«, rufe ich, als ich mich ihrer offenen Tür nähere und an den Türrahmen klopfe.

Sie nimmt die Ohrhörer raus, setzt sich auf und wippt auf dem Bett. »Ich habe gute Neuigkeiten!«

»Ach ja?«

»Bailey hat mir geschrieben und gefragt, was ich heute Abend mache.«

»Yes! Und?«

»Ich habe gelogen und gesagt, dass ich mit einer Freundin ins Kino gehe.«

»Wieso das denn?«

»Keine Ahnung! Ich habe Panik bekommen. Und weil ich nichts vorhabe, wollte ich nichts Blödes sagen, wie, dass ich mir die Haare wasche oder so.«

»Na schön«, sage ich und setze mich auf das Bett ihrer Mitbewohnerin.

»Dann hat er gefragt, ob er mitkommen kann.«

»Aber du gehst doch gar nicht ins Kino.«

Sie grinst übers ganze Gesicht, und ich rieche schon, dass ich da gleich in etwas hineingezogen werde. »Er hat gesagt, er würde gerne mitkommen, wenn das okay ist. Also, wenn du einverstanden bist … können wir gehen!«

»Willst du mich überreden, als Anstandsdame mit dir und Bailey ins Kino zu gehen?«

»Er meinte, er würde einen Kumpel mitbringen.«

»Meinst du, er bringt Gabe mit?«, frage ich.

»Keine Ahnung. Er hat nichts Genaueres gesagt. Vielleicht sollten wir Lea Bescheid sagen?«

»Danny hat sie vor zehn Minuten abgeholt. Sie fahren zusammen für die Osterferien nach Hause. Ich bin ihnen auf dem Parkplatz über den Weg gelaufen.«

»Wie schade.«

»Glaubst du denn, dass Gabe sie mag?«, frage ich. Wir drei

verbringen so viel Zeit zusammen, dass Bianca und ich nur selten die Gelegenheit haben, unter vier Augen über Leas Chancen bei Gabe zu spekulieren.

»Ich glaube, die beiden sind total verknallt, aber einfach zu blöd, um was daraus zu machen«, sagt Bianca.

»Ganz deiner Meinung«, erwidere ich. »Wie kommen wir ins Kino?«

»Bailey hat gesagt, er würde mich um acht abholen.«

»Okay. Und was machen wir bis dahin?«

»Ein Nickerchen?«

»Immer eine gute Idee.«

Sam (Gabes Bruder)

Die Wohnheime schließen über die Osterferien, deshalb hat meine Mutter angeordnet, dass ich Gabe nach Hause fahre. Er besteht darauf, dass wir vorher noch am Laden halten, weil er Heißhunger auf Twix und Dr. Pepper hat.

»Warum muss es genau diese Kombination sein?«, murre ich.

»Versuch's einfach selbst«, gibt er zurück.

Mein Kumpel Antonio steht an der Kasse, und ich schwatze eine Weile mit ihm über die Zwischenprüfung in Statistik letzte Woche.

»Es war grauenhaft«, sage ich.

»Es war eine Herausforderung«, entgegnet er. Aber sein Blick geht an mir vorbei. Während unseres Gesprächs ist Lea reingekommen, ohne dass ich es bemerkt habe. Er beobachtet, wie Gabe und Lea durch das Geschäft tappen.

»Guck dir die zwei an«, sagt er.

»Warum?«

»Sie kommen immer mal wieder hierher, sie geht in die eine Ecke, er in die andere, sie bewegen sich aufeinander zu und stoßen sich ab, und ihre Laufwege bilden die abgefahrensten Parabeln. Sie sind das seltsamste Pärchen der Welt. Ich werde eine mathematische Gleichung über sie aufstellen.«

Ich schaue ihn hochgradig verwirrt an. »Ich glaube, du hast zu viel Zeit mit deinem Statistiklehrbuch verbracht.«

»Nein, ehrlich, guck doch. Die Bewegungsbahn ihrer Anziehung ist wie eine Gleichung.«

Er nimmt einen Zettel und beginnt vor sich hin murmelnd Graphen zu zeichnen und eine Menge Zahlen aneinanderzureihen. Irgendwann stehen Gabe und Lea an der Kasse und starren ihn an.

Als er bemerkt, dass er Publikum bekommen hat, setzt er den Bleistift ab. »Wisst ihr was, wir haben gerade die Familienpackung Twix im Angebot. Nehmt doch die.«

Lea und Gabe sehen ihn verständnislos an.

»Seid ihr nicht zusammen?«

»Zusammen?«, fragt Lea.

»Ja.«

Sie wirft meinem Bruder einen Seitenblick zu. »Wir sind nicht zusammen.«

»Aber statistisch gesehen … seid ihr eindeutig voneinander angezogen.«

»Das ist das seltsamste Gespräch, das ich je gehört habe«, sage ich zu Antonio.

»Irgendwie passiert uns das öfter«, sagt Gabe. Ich muss mich zurückhalten, um nicht laut zu jubeln, dass er vor Lea den Mund aufgemacht hat.

Antonio zuckt die Schultern und tippt Leas Einkäufe ein. »Die Mathematik lügt nicht.«

»Lea, mein Schatz«, kommt eine Stimme von der Tür her. »Die einheimischen Wilden werden ungeduldig.«

Sie kichert. »Mit den Wilden meinst du wohl … dich selbst?«

»Ich meine all die Eltern, die ihre Kinder abholen und meinen Parkplatz haben wollen.«

»Okay, okay«, sagt Lea.

Sie lächelt uns zu und geht.

»Das hast du gerade gesehen, oder?«, sagt Gabe zu mir.

»Ja.«

»Und du hast gehört, was er gesagt hat.«

»Ja.«

Antonio schüttelt den Kopf. »Das ergibt keinen Sinn. Nach meinen Berechnungen seid ihr füreinander bestimmt.«

Danny (guter Freund von Lea)

»Mann, war das komisch«, sagt Lea, als wir zu meinem Auto gehen.

»Das Wichtigste zuerst«, sage ich. »Wo ist mein Twix?«

Sie reicht mir die Tüte.

»Danke, Schätzchen. Also, was war da los?«

»Der Typ an der Kasse hat Gabe und mir erzählt, dass er den Grad unserer Anziehung anhand der Parabel unserer Laufwege bestimmen kann, die wir angeblich gebildet haben, als wir unsere Snacks geholt haben.«

Ich starre sie an.

»Ich weiß«, sagt sie.

»Interessant«, sage ich. »Ich frage mich, ob diese Theorie wasserdicht ist. Ich glaube, man könnte Millionen damit verdienen, irgendeinen Ratgeber zu schreiben, der Mathematik und Romantik kombiniert.«

»Ja genau, Danny. Das ist definitiv die Quintessenz dessen, was gerade da drin passiert ist.«

Wir fahren los, und sie seufzt und schaut auf ihr Handy.

»Na toll. Maribel und Bianca gehen heute Abend mit Gabes Freunden aus. Ich kann mir denken, worüber sie sich unterhalten werden.«

Ich gebe einen Laut von mir, der, wie ich hoffe, möglichst unverbindlich ist.

Sie reißt die Augen auf. »O Gott, was, wenn Gabe dabei ist? Sie müssen mir schwören, dass sie nicht über mich reden.« Sie tippt wie wild auf ihrem Handy herum.

»Vielleicht würde das sogar was bringen …«

»Ich weiß nicht. Ich bin es leid. Ich bin es wirklich leid, mich die ganze Zeit lächerlich zu machen. Und mich abzurackern, und nichts passiert.«

»Wenigstens lässt du nichts unversucht«, sage ich. Ich hasse es, ihr keinen Rat geben zu können. Ich liebe es, Ratschläge zu geben, aber in dieser Situation fühle ich mich völlig nutzlos.

»Uh«, stöhnt sie und legt das Gesicht in die Hände. »Wann bin ich nur so egozentrisch geworden?«

»Du bist nicht egozentrisch. Du bist wunderbar. Alle lieben dich. Auch deine Freunde. Und wenn sie mit Gabes Freunden über dich reden, dann werden sie nichts Schlechtes sagen.«

»Ich weiß, ich weiß. Du hast recht.« Sie legt ihr Handy in den Getränkehalter.

»Braves Mädchen.«

Casey (Kumpel von Gabe)

»Gabe wollte wirklich nicht mitkommen?«, fragt Bailey, als wir zum Wohnheim fahren.

»Nein. Ich weiß, dass Sam und er heute nach Hause fahren wollten, aber ich habe ihm trotzdem geschrieben. Ich dachte, vielleicht wäre die Aussicht auf einen Abend mit Lea so verlockend, dass er seine Pläne ändert.«

»Und du hast ihm gesagt, dass wir mit Bianca und einer Freundin von ihr verabredet sind?«

»Ja.«

»Und dass diese Freundin Lea sein könnte?«

»Tja, er meinte, es könne ohnehin nicht Lea sein, weil die mit ihrem Freund um die Häuser zieht.«

»Ist denn sicher, dass Lea einen Freund hat?«

»Gabe schien sich jedenfalls sicher zu sein«, sage ich. »Morgen hat er übrigens einen Termin beim Audiologen …«

»Wegen dieser Sache mit seinen Ohren?«

»Ja.«

»Oh, na, das ist doch gut.«

»Und er will nichts mit Lea unternehmen, bis das geregelt ist. Aber er war echt fertig, dass sie wieder mit diesem Typen zusammen war.«

Wir halten vor dem Wohnheim. Bianca und Maribel warten schon vor der Tür auf uns. Bevor sie einsteigen, wende ich mich an Bailey.

»Wir sollten wirklich versuchen, nicht über Gabe und Lea zu sprechen.«

»Okay, ich werde mich anstrengen.«

Die Mädels klettern auf den Rücksitz.

»Hallo, Ladys«, begrüße ich sie.

Nachdem wir allerlei Nettigkeiten ausgetauscht haben, schweigen wir eine gefühlte Stunde lang, auch wenn es in Wahrheit maximal drei Minuten sind.

»Was soll's«, sagt Bailey und dreht sich zur Rückbank um, als wir an einer roten Ampel halten. »Ich springe jetzt einfach in den heißen Brei.«

»Bailey«, sage ich und hoffe, dass meine Stimme ebenso warnend klingt wie die Stimme meiner Mutter, als ich meiner Tante mitteilte, dass ihre Haare neonorange seien.

»Lea und Gabe. Was geht da ab?«

»Ich weiß nicht, ob wir darüber reden sollten …«, wende ich ein.

Maribel legt trotzdem los. »Ich weiß nicht, wie viel wir sagen sollen, aber die beiden müssen das echt mal geregelt kriegen. Ich meine, wie kann es für alle anderen so offensichtlich sein, nur für sie selbst nicht?«

»Kennt ihr die Kellnerin in Charlie's Diner?«, fragt Bianca.

»Maxine?«, frage ich.

»Genau. Sie liebt sie. Wir waren neulich da, und sie hat Lea gefragt, wie es ihrem ›Kavalier‹ gehe.«

»Ja, das macht sie mit Gabe auch immer«, sagt Bailey. »Nur dass sie Lea seine ›Süße‹ nennt.«

»Habt ihr die Story von dem Lieferboten vom China-Imbiss gehört?«, fragt Maribel.

»Aber klar. Wort für Wort.«

»Hat Lea einen Freund?«, fragt Bailey.

»Äh … nein!«

»Gabe meinte, er hätte sie öfter mit einem Typen gesehen.«

Die Mädchen wechseln einen Blick. »Das kann nur Danny gewesen sein«, sagt Maribel.

Bailey zuckt die Schultern. »Keine Ahnung, wie er heißt«, ergänze ich und sehe sie im Rückspiegel an.

»Danny ist ein alter Freund von Zuhause«, erklärt Maribel.

»Er ist ein Freund, aber definitiv nicht *ihr* Freund«, fügt Bianca hinzu.

»Das könnte man aber denken«, sagt Bailey.

»Also, was machen wir?«, kommt Bianca zur Sache.

»Gabe hat …« Ich stocke, und jetzt wechseln Bailey und ich einen Blick. »Probleme. Von denen er Lea besser selbst erzählen sollte.«

»Lea hat vielleicht keine Probleme, aber sie hat ihre eigene Enzyklopädie an Unsicherheiten, Komplexen und Vorbehalten, so wie jeder andere Mensch auch«, sagt Maribel. »Außerdem behauptet sie, dass sie mit ihm fertig ist. Sie hat das Gefühl, dass sie die ganze Arbeit macht, und von ihm kommt einfach nichts. Besonders in letzter Zeit.«

»Es gibt vermutlich nicht allzu viel, was wir da tun können«, sagt Bailey.

»Wir könnten sie festhalten und sie zwingen, sich zu küssen.«

Ich schüttele den Kopf, Maribel ebenfalls.

»Klingt für mich nach einer vernünftigen Idee«, sagt Bailey, ohne sich um unsere Reaktion zu kümmern.

»Aber das Problem ist«, sagt Maribel, »Lea hat uns explizit darum gebeten, nicht mit euch darüber zu reden.«

»Schon gut, wir müssen es ja nicht an die große Glocke hängen«, beruhige ich sie. »Wir werden nicht mal Sam einweihen.« Bailey hört mir offensichtlich nicht zu, deshalb tippe ich ihm auf den Arm. »Stimmt's, wir halten Sam da raus?«

»Was? Klar. Sam ist sowieso die ganze Woche bei seinen Eltern.«

Maribel nickt. »Ich glaube, wir sollten einfach versuchen, sie in die richtige Richtung zu lenken. Sie anfeuern«, sagt sie.

»Sie auf Kurs halten«, sage ich.

Bailey und Bianca schneiden sich im Rückspiegel Grimassen. Offensichtlich sind sie völlig anderer Meinung.

»Ich werte Biancas Entenschnute als Zustimmung«, sage ich.

Maribel zuckt die Schultern. »Das tue ich immer.«

Sam (Gabes Bruder)

Auf der Rückfahrt nach den Osterferien wirkt Gabe entspannt, geradezu glücklich.

»Du bist aber gut drauf«, bemerke ich.

»Stimmt. Ich bin echt erleichtert wegen dieser Hörgerät-Sache, auch wenn es noch eine Weile dauert.«

»Wie funktioniert das genau?«

Er zuckt die Schultern. »Erst mal muss ich entscheiden, welches Modell das richtige für mich ist. Und dann muss ich es anpassen lassen.«

»Und was ist dein Plan mit Lea?«, frage ich. »Ich meine, jetzt, wo der Rest nahezu geregelt ist, wäre es vielleicht an der Zeit, einen Plan zu machen.«

»Es gibt keinen Plan.«

»Echt jetzt?«

»Ich will mich erst mal auf mein Ohr konzentrieren«, sagt er, ohne mich anzusehen, und summt betont lässig den Song im Radio mit. »Sie mag mich sowieso nicht.«

»Oder sie denkt, *du* magst sie nicht, weil du dich weigerst, mit ihr zu sprechen.«

»Oder sie hat einen Freund, und das Ganze ist sowieso hinfällig.«

»Oder du hast absolut null Interesse an ihr gezeigt, und deshalb kann man es ihr nicht vorwerfen, wenn sie sich einen Freund zugelegt hat, der bereit ist, mit ihr zu reden.«

Er dreht sich zu mir und blickt auf meine Füße. »Ich weiß einfach nicht, was ich zu ihr sagen soll, also wozu das alles?«

»Weil ... du sie magst«, sage ich. »Weil du die ganze Zeit über sie redest und in ihrer Nähe sein willst. Also, regle deine Probleme und sprich mit ihr.«

»Klar, nichts leichter als das.«

»Okay, also, wie wär's ... wenn du erst mal mit einem anderen Mädchen übst? Irgendein Mädchen, das du nicht sonderlich magst, das du aber ab und zu siehst?«

»Ich weiß nicht. Was soll das bringen?«

»Übung, du Trottel. Hörst du mir überhaupt zu?«

Er schenkt mir einen vielsagenden Blick.

»Na schön. Ich weiß, du hörst schlecht, blablabla. Aber ich meine es ernst, Gabe, versuch, mit einem anderen Mädchen zu reden. Leg dir ein bisschen Selbstvertrauen zu.«

»Da gibt es nicht viele Optionen«, sagt er mit gerunzelter Stirn, als ginge er im Geiste ein Adresskarussell aller weiblichen Personen durch, die bereit sein könnten, sich in seiner Nähe aufzuhalten.

»Das nächste Mal, wenn wir auf einer Party sind, sprichst du einfach irgendein Mädel an.«

»Also, das ist nicht wirklich ...«

»Oder was ist mit der Tussi aus deinem Schreibseminar? Die Nervensäge?«

»Hillary?«

»Genau. Unterhalt dich mit der.«

»Ha, weißt du was, das könnte sogar klappen«, sagt er und nickt. »Nach diesem Tipp und Caseys Gelaber über Desensibilisierung glaube ich, ihr Idioten erarbeitet euch so langsam eure Existenzberechtigung.«

»Red so weiter, und du kannst den Rest der Strecke nach Hause laufen.«

»Dann verpetze ich dich bei Mom.«

April

Hillary (Seminarteilnehmerin Kreatives Schreiben)

Gabe und Lea reden in letzter Zeit kaum noch miteinander. Genaugenommen seit den Osterferien. Zu Beginn des Semesters haben sie richtiggehend aneinandergeklebt, aber es ist bestimmt zwei oder drei Wochen her, dass sie das letzte Mal rumgekichert, Insider-Witze gemacht und bescheuerte alte Serien zitiert haben. Sie sitzen nicht mal mehr nebeneinander. Ich wette, sie haben sich so richtig verkracht.

Das ist meine Chance. Ich prüfe im Taschenspiegel meine Frisur und mein Make-up, trage ein bisschen Lipgloss auf, warte, bis Inga aufhört zu reden, und dann kommt mein Einsatz. Ich fange ganz einfach an. Ich will ihn nicht vor den Kopf stoßen. Er ist ein bisschen schreckhaft.

»Hey, Gabe«, sage ich und wickle eine Haarsträhne um meinen Finger.

»Hey«, sagt er. Er schaut Lea hinterher, die aus dem Seminarraum verschwindet, ohne ihm auch nur zuzuwinken. Genau, Tussi, denke ich, da ist die Tür.

»Was machst du jetzt?«

»Weiß noch nicht«, sagt er und klappt sein Notizbuch zu.

»Ich wollte im Studierendenhaus etwas essen.« Ich mag es, wie er mich ansieht, er beobachtet so aufmerksam meine Lippen. Das muss an meinem beerenroten Lipgloss liegen. Der ist so verführerisch, dass nicht mal Gabe widerstehen kann.

»Oh, okay. Da, äh, wollte ich auch hin«, sagt er.

»Super.« Er ist echt süß.

Wir gehen die Treppe hoch, und ich erzähle ihm etwas, aber er antwortet nicht. Als wir nach draußen kommen, frage ich ihn, welches Thema er sich für seine Abschlussarbeit ausgesucht hat. Aber seine Antwort ist langweilig, deshalb schneide ich ein neues Thema an.

»Was hast du in den Osterferien gemacht?«

»Nichts Besonderes. Gelernt, und einen Abend bin ich mit meinem Bruder und ein paar Freunden nach Atlantic City gefahren.«

»Das klingt ja furchtbar«, sage ich.

»Eigentlich war es ziemlich lustig«, sagt er.

»Oh, na, dann ist ja gut. Ich war in Negril. Du musst unbedingt mal nach Jamaica.«

»Ich glaube, das ist nichts für mich«, sagt er.

Ich lasse das Thema fallen. Es ist sinnlos, mit jemandem darüber zu reden, der es nicht kapiert. »Machst du nächstes Jahr deinen Abschluss?«, frage ich.

Wir gehen ins Studierendenhaus, und er ist immer noch wie gebannt von meinen Lippen. Ich wünschte, ich hätte eine Sekunde, um noch mehr Lipgloss aufzutragen. Ich habe das Gefühl, dass er verblasst, weil ich so viel rede. Vielleicht kann ich mal kurz zur Toilette verschwinden.

»Äh. Nein. Ich bin praktisch erst im zweiten Jahr, zumindest nach den Credit Points, weil ich …« Ich schalte ab. Er ist kein besonders guter Geschichtenerzähler. Ich schalte wieder ein, als er irgendwas darüber sagt, dass er sein Baseball-Stipendium verloren hat.

Er bietet nicht an, meinen Salat zu bezahlen. Enttäuschend. Aber er ist süß, also will ich mal nicht so sein.

Maribel (Leas Mitbewohnerin)

»Lea«, zische ich in mein Handy.

»Maribel?«

»Gabe befindet sich in dieser Sekunde im Studierendenhaus und isst mit der Schlampen-Queen von Schwanzhausen zu Mittag!«

»NEIN!«

»DOCH!«

»Scheiße.«

»Exakt.«

»Warum macht er das? Es kann doch nicht sein, dass er sie gut findet. Sie ist strunzdumm.«

»Strunzdumm ist ein herrliches Wort.«

»Voll, oder?«

»Total.«

»Okay, was läuft da zwischen ihnen?«

»Ähm, warte mal, vielleicht kann ich ein bisschen näher rangehen, ohne dass sie es merken.«

»Bleib cool, Maribel. Sie dürfen dich nicht sehen.«

Ich pirsche verstohlen durch die Cafeteria, spähe hinter Tischen und Ecken hervor und tue mein Bestes, um unverdächtig auszusehen. Als ich einen guten Aussichtspunkt erreicht habe, bin ich überrascht, dass ich außer Atem bin. Ich sollte echt mehr Sport treiben.

»Okay, ich bin hinter einer Ecke und kann zu ihnen rübergucken. Sieht so aus, als ob sie die ganze Zeit quasselt und er sie anschweigt.«

»Klingt ganz nach Gabe«, sagt sie, und die Zuneigung in ihrer Stimme ist unüberhörbar.

»Er hat gerade ihre Hand berührt!«

»Was? Nein!«, ruft Lea aus. »Unmöglich. Das glaube ich nicht.«

»Er hat es aber getan.«

»Das ist schrecklich, Mar«, sagt sie. »Was passiert jetzt?«

»Sie lacht, und er lächelt. Jetzt essen sie weiter. O mein Gott, sie *füßeln*!«

»Bist du sicher, dass du immer noch die richtigen Personen beobachtest?«

»Klar, ich bin doch nicht blöd.«

»Oh, warum fühle ich mich so mies? Ich versuche doch, über ihn wegzukommen.«

»Ich weiß es nicht«, sage ich wahrheitsgemäß.

»Das ist entsetzlich, Maribel. Ich bin total fertig. Ich kann nicht glauben, dass ich ihn mir durch die Lappen habe gehen lassen.«

Ich seufze schwer in Leas Namen.

»Vielleicht mag er mich wirklich nicht. So einfach ist das. Ich habe alle Zeichen falsch gedeutet. Er hat nur mit mir geredet, um meine Hausaufgaben abschreiben zu können oder so.«

»Wie soll er in Kreatives Schreiben deine Hausaufgaben abschreiben?«

»Keine Ahnung. Meine Gefühle drehen total durch. Ich habe nie behauptet, dass ich in so einer Situation logisch sein würde!«

»Vielleicht sollte ich mal hingehen und den beiden Hallo sagen, um zu sehen, wie er reagiert?«

»Ja! Und leg nicht auf, damit ich zuhören kann.«

»Wenn das nicht wahre Freundschaft ist …«, sage ich.

»Danke, Maribel. Ich werde dir für deine Güte und Spionagefreudigkeit ewig dankbar sein.«

Ich halte das Handy so in der Hand, dass das Mikro nach vorne zeigt, ohne allzu sichtbar zu sein.

»Hey, Gabe«, sage ich, als ich näher komme.

»Hey, Maribel«, sagt er.

»Wie geht's?«

»Och, ganz gut«, sagt er und lächelt mich unschuldig an. »Kennst du Hillary?«

Ich sehe sie an, und sie stellt das künstlichste Lächeln zur Schau, das die Welt je gesehen hat.

»Was treibt ihr so?«

»Ich habe Gabe nach dem Seminar gefragt, ob er mit mir essen geht, und er hat ja gesagt«, sagt sie und berührt SCHON WIEDER seine Hand.

Zu seiner Verteidigung muss ich sagen, dass Gabe wenig begeistert aussieht.

»Ja. Ich wollte sowieso was essen gehen«, murmelt er.

»Ich finde, wir sollten das unbedingt wiederholen«, trällert Hillary.

Ich fühle mich immer unwohler, und Gabe sieht fast schon ein bisschen ängstlich aus.

»Ich bin fertig«, sagt er und steht unvermittelt auf. »Wo gehst du jetzt hin, Maribel?«

»Ähm …«, sage ich, ziehe die Augenbrauen hoch und überlege, ob ich Gabe aus der Patsche helfen soll. Außerdem muss ich Lea loswerden. Ich drücke unauffällig auf »Anruf beenden« und bete, dass sie das Zeichen versteht. »Ich wollte gerade nach Hause.«

Er lächelt mich an und sucht seine Sachen zusammen.

»Cool, ich begleite dich raus. Bis bald«, sagt er zu Hillary.

»Aber …«, ist alles, was sie herausbringt, während sie ungläubig den Kopf schüttelt.

»Tut mir leid«, sagt er, als wir das Studierendenhaus verlassen. »Ich hätte es keine zehn Sekunden länger mit ihr ausgehalten.«

»Schon in Ordnung, es macht mir nichts aus, benutzt zu werden.«

Er lächelt. »Bist du mit Lea verabredet?«

»Sie ist schon zu Hause.

Er nickt. »Also, ich muss jetzt zur Arbeit, aber danke für deine Hilfe.«

»Klar, kein Problem«, sage ich. »Jederzeit.«

Ich sehe ihm nach und merke dann, dass ich vier verpasste Anrufe von Lea habe. Ein Glück, dass mein Handy lautlos gestellt war, sonst hätte das sehr verdächtig gewirkt. Ich rufe sie zurück.

»Wie hast du es geschafft, mich in den letzten drei Minuten viermal anzurufen?«

»Was ist da los? Ich halte das nicht aus!«

»Es ist alles gut, Süße«, versichere ich ihr. »Er hat meine Anwesenheit genutzt, um die Schlampen-Queen loszuwerden. Und jetzt ist er bei der Arbeit.«

»Das Ganze gefällt mir trotzdem nicht«, sagt sie.

»Ich schwöre dir, es ist alles in Ordnung.«

»Na toll, danke.«

»Er hat nach dir gefragt«, sage ich.

»Interessant.«

»Ja, oder?«

»Interessant, wie er immer hinter meinem Rücken nach mir fragt, aber nicht den Mund aufkriegt, wenn ich vor ihm stehe. Und dann trifft er sich auch noch mit Hillary.«

»Es passt gar nicht zu dir, so wütend zu werden.«

Sie seufzt. »Ich weiß, ich weiß. Ich rege mich auf, weil ich mich so aufrege. Ich bin es leid, mich im Kreis zu drehen. Und es ist so peinlich.«

»Was ist peinlich? Du hast nichts getan, was dir peinlich sein müsste. Du magst einen Typen, so was kommt vor«, sage ich.

»Ich muss mich einfach darauf konzentrieren, ihn zu vergessen. Ich bin für diese Gefühlsachterbahn nicht gemacht.«

»Ist angekommen. Ich werde tun, was ich kann. Wir machen einen Entzugsplan. Gabe vergessen in zwölf einfachen Schritten.«

»Danke, Maribel. Du bist super.«

»Ich weiß. Ich bin gleich zu Hause.

»Ich fange schon mal mit dem Plan an.«

Charlotte (Barista bei Starbucks)

»Da ist Lea«, flüstere ich Keith zu, als sie reinkommt.

»Oh, yippie!«, sagt er. »Ich habe sie so lange nicht gesehen.«

Sie geht schnell an die Theke, bestellt einen Iced Mocha und setzt sich an ihren üblichen Fensterplatz. Wenige Minuten später taucht Gabe auf. Perfektes Timing.

»Es ist, als würde er sie verfolgen«, murmele ich.

»Aber echt. Das ist ja schon unheimlich.«

Gabe tritt durch die Tür und hält offensichtlich nach Lea Ausschau. Er sieht sie, aber sie entdeckt ihn nicht gleich. Sie hat Ohrhörer drin, man könnte also vermuten, dass sie ihre Ruhe haben will.

Gabe kommt an die Theke und bestellt wie immer einen großen Kaffee mit Platz für Milch.

»Pike Place«, fügt er lächelnd hinzu, bevor ich ihm die Optionen nennen kann.

»Du bist aber fidel heute«, sage ich. Ich will es gar nicht sagen, wirklich nicht. Aber ich kann mich nicht beherrschen.

Er lächelt schüchtern. »Es geht bergauf«, sagt er schulterzuckend.

Die beiden sind echt nett, auch wenn sie ein bisschen verpeilt sind, und offensichtlich außerstande, eine normale Beziehung in die Gänge zu bringen. Aber im Vergleich zu vielen anderen Menschen, die in diesen Laden kommen, sind sie lieb und höflich.

Sehr viel angenehmer als die Leute jedenfalls, die ihre Kaffeebestellungen viel zu persönlich nehmen und deren emotionales Gleichgewicht davon abhängt, wie viel Sirup sie in ihren Mocha bekommen.

Ganz zu schweigen davon, wie nett Gabe zu mir war, als ich ihm von meinem gebrochenen Knöchel erzählt habe. Und sein Geständnis über seinen Autounfall hat ihn mir noch sympathischer gemacht. Er hätte es mir nicht erzählen müssen, aber er *wollte* es.

Ich reiche ihm seinen Kaffee, und er nimmt sich Milch und Zucker. Die ganze Zeit beobachtet er Lea. Er schluckt mehrmals hintereinander und fasst sich ans Ohr. Er scheint meinen Blick zu spüren, denn er dreht sich zu mir und lächelt mich an. Ich zeige ihm den erhobenen Daumen.

»Keith«, sage ich. »Ich glaube, gleich passiert was.«

Keith blickt von dem Chai Tea Latte auf, den er gerade zubereitet. Ich verspüre den Drang, die Fahrstuhlmusik im Hintergrund leiser zu drehen, aber ich muss die nächste Kundin bedienen. Am liebsten würde ich der alten Schwatztante sagen, dass sie die Klappe halten soll, damit ich hören kann, was sie reden.

Gabe geht zu Leas Tisch, aber sie bemerkt ihn nicht, weil sie immer noch die Ohrhörer drin hat. Er tippt ihr auf die Schulter, und sie blickt auf.

»Entschuldigung?«, sagt der nächste Kunde in der Schlange. Ich mache »Pst!«. Ich brauche nur zwei Sekunden, damit ich hören kann, was sie sagen. Keith stoppt den Milchschäumer, und, ich schwöre es, selbst das Starbucks-Soundsystem hält den Atem an.

Ich glaube, er sagt »Hi«, und sie sagt ebenfalls »Hi«. Er

zeigt auf den freien Stuhl ihr gegenüber, und sie macht eine Handbewegung, die eher abwehrend als einladend aussieht. Das verheißt nichts Gutes.

»Du kannst den Tisch für dich allein haben«, höre ich sie sagen. Ihre Stimme ist laut und sehr emotional. Dann klappt sie ihre Bücher zu, schiebt sie in ihre Tasche und geht. Gabe ist wie vom Donner gerührt.

Ich schaue Keith an, der genauso bedröppelt aussieht, wie ich mich fühle.

»Also, was wollen Sie?«, pflaume ich den nächsten Kunden an.

»Bedient werden!«, sagt er empört.

Ich bringe dem Mann seinen Kaffee, dann gebe ich Keith ein Zeichen, dass ich kurz mit Gabe reden muss. Es steht gerade niemand an, hoffentlich bleibt das eine Weile so. Ich kann echt nicht fassen, dass ich mich da einmische, aber er sieht so traurig aus, dass ich ihn einfach fragen muss, ob ich etwas für ihn tun kann.

Bevor ich mich ihm nähere, besorge ich mir einen Lappen, damit ich so tun kann, als würde ich Tische abwischen. »Alles klar bei dir?«, frage ich, als er meinem Blick begegnet.

»Ich weiß nicht, was ich falsch gemacht habe.«

»Vielleicht hast du zu lange gewartet?«

Er kaut an seinem Fingernagel und nickt.

»Es tut mir leid«, sage ich aufrichtig.

»Danke. Ich bleibe hier mal sitzen und sammle die Teile meines zerschmetterten Egos wieder ein.«

»Würde ein Stück Cheesecake aufs Haus dabei helfen?«

»Cheesecake aufs Haus hilft so ziemlich gegen alles.«

»Ich bin ruckzuck zurück.«

Ich hasse mich dafür, dass ich mich einmischen musste. Und für das Wort »ruckzuck«.

Sam (Gabes Bruder)

Gabe und Bailey kommen schon ein paar Stunden vor der Party zu uns.

»Ich will Bier und Burger«, sagt Gabe zur Begrüßung.

»Ebenfalls hocherfreut, dich zu sehen«, gebe ich zurück.

»Gabe ist mies drauf«, erklärt Bailey. »Ignorier ihn einfach.«

»Was ist los?«, frage ich.

»Ich bin nicht mies drauf, ich bin verwirrt und traurig«, sagt Gabe zu Bailey, ohne meine Frage zu beantworten.

»Was ist mit Gabe los?«, frage ich Bailey.

»Lass uns gehen«, sagt er. »Ich erzähl's dir, während wir was zu essen und zu trinken besorgen.«

»Ich sage Casey Bescheid. Ich glaube, er fährt.«

Wir quetschen uns zu viert in mein Auto. Gabe schmollt auf dem Rücksitz, während wir zum Drive-in-Schalter von McDonalds fahren und Bailey uns auf den neuesten Stand der Ereignisse bringt. Casey parkt, und ich verteile das Essen.

»Also, Gabe hatte vor, Lea zu der Party heute Abend einzuladen. Aber dann hat er immer, wenn er sie gesehen hat, totale Panik bekommen und einen Rückzieher gemacht.«

»Ich habe keine Panik bekommen«, grummelt er. »Ich wollte es nur nicht im Seminar vor Hillary erwähnen. Und … okay, das andere Mal habe ich wirklich Panik bekommen. Aber da war sie auch wieder mit diesem Typen unterwegs!«

»Na schön. Er hat nur einmal Panik bekommen. Dann hat er sie gestern bei Starbucks gesehen, seinen ganzen Mut zusammengenommen und ein kleines Tänzchen für sie aufgeführt, das ganze Starbucks-Personal hat ihn angefeuert, und dann …«

»Du erzählst diese Geschichte total falsch«, sagt Gabe.

»Gut«, sagt Bailey, »dann erzähl du sie eben.«

Gabe nimmt einen gigantischen Bissen von seinem Big Mac und rutscht nach vorn. »Also, ich sehe die Bedienungen bei Starbucks ja öfter, und meistens sind sie ziemlich nett, bis auf eine, die kann echt zickig sein, aber sogar die war gestern nett. Sie hat gemeint, ich wäre *fidel*. Und ich war wirklich fidel. Die Sonne schien, ich habe eine Eins auf meinen Aufsatz in Außenpolitik bekommen, und ich bin zu Starbucks gegangen, weil ich hoffte, dass Lea da sein würde, und wie durch ein Wunder war sie es auch.«

»Okay«, sage ich. Casey nickt dazu.

»Ich bin zu ihr gegangen, aber sie hatte Ohrhörer drin, deshalb habe ich ihr auf die Schulter getippt. Sie hat mich angesehen und die Dinger rausgenommen. Und ich habe ›Hi‹ gesagt, und sie auch.«

»Bislang klingt das gut.«

»Ja, und dann habe ich gefragt, ob ich mich zu ihr setzen darf, und sie meinte, ›Du kannst den Tisch für dich allein haben‹. Und dann ist sie gegangen.«

»Einfach so?«

»Einfach so.«

»Das sieht ihr ja gar nicht ähnlich.«

»Ich weiß. Das Mädchen an der Theke, das manchmal zickig ist, Charlotte, hatte so ein Mitleid mit mir, dass sie mir ein Stück Cheesecake spendiert hat.«

»Yes!«

»Glück im Unglück«, murmelt er.

»Was wirst du jetzt tun?«, frage ich.

»Ich weiß es nicht«, sagt er.

»Du wirkst wirklich ziemlich fidel für jemanden, der gestern einen Korb von seiner Traumfrau bekommen hat. Ich meine, abgesehen von der unübersehbaren Grummelei vorhin.«

»Na ja. Ich habe mein Hörgerät bekommen.« Er dreht sich, damit ich sein Ohr sehen kann.

»Ach ja, Mom hat es mir erzählt«, sage ich.

Gabe zeigt es auch den anderen.

»Das ist ja quasi unsichtbar«, staunt Bailey.

»Ich sehe überhaupt nichts«, sagt Casey und kneift die Augen zusammen.

Gabe nimmt ein winziges Plastikdings aus dem Ohr, und wir brechen in Ooh und Aah aus.

»Letzte Woche wurde es angepasst, und heute ist es mit der Post gekommen.« Er schiebt es sich wieder ins Ohr. »Ich hasse es immer noch, darüber zu reden. Aber wieder hören zu können, hat meine Laune deutlich gebessert.«

»Nicht gerade überraschend«, sage ich.

»Alter, wenn ich Lust habe, ein Jahr lang rumzuhocken und

über mein Ohr zu heulen, dann ist das mein verdammtes Recht«, sagt Gabe, aber er lächelt.

Wir gehen in den Schnapsladen, immer noch damit beschäftigt, eine Lösung für Gabe zu finden.

»Wenigstens kannst du heute Abend hören«, sage ich, als wir vor dem Wodkaregal stehen.

»Das kann nicht schaden.«

Bailey stößt zu uns. »Ich könnte mit Bianca reden, und die könnte mit Lea reden«, schlägt er vor.

»Das Angebot ist echt nett, aber ich habe das Gefühl, dass ich das selbst in die Hand nehmen sollte.«

Bailey nickt. »Gib Bescheid, wenn du deine Meinung änderst.«

Schließlich gehen wir zurück zu uns und hängen im Wohnzimmer ab.

Als wir auf die Party kommen, sind wir alle schon ziemlich angetrunken. Und als Lea und ihre Freundinnen auftauchen, dreht sich das Zimmer. Die Mädchen gehen in den Keller, und wir folgen ihnen. Bailey und Bianca verschwinden fast augenblicklich in einer dunklen Ecke.

»Wenn ich sie anschaue, fühle ich mich ganz … aufgewühlt«, sagt Gabe zu Casey und mir und starrt quer durch den Raum zu Lea. »Ich möchte schreien.«

»Du bist kein Schreihals«, erinnert Casey ihn.

»Beruhig dich, Großer. Du musst sie nicht anschreien«, sage ich.

Er trinkt einen Schluck Bier. »Warum spielen wir schon das ganze Jahr dieses verdammte Spiel?«

»Zentriere dein Chi, zügle deine Wut«, sagt Casey. »Bist

du wirklich besoffen und streitlustig? So kenne ich dich gar nicht.«

»Ich will das einfach verstehen.« Er starrt sie weiter an. Endlich erwidert sie seinen Blick und zieht die Augenbrauen hoch. Das scheint für Gabe das Startsignal zu sein, alles rauszulassen.

Maribel (Leas Mitbewohnerin)

»Hallo, Lea«, sagt eine Stimme hinter mir. Lea klappt die Kinnlade runter, so dass ich nicht besonders überrascht bin, Gabe zu sehen, als ich mich umdrehe. Früher oder später musste das ja kommen. Ich hatte halb damit gerechnet, dass es heute Abend so weit sein würde. Ehrlich gesagt, hatte ich es gehofft.

»Was treibt dein Freund heute Abend?«, fragt er.

»Ich habe keinen Freund«, sagt sie und verzieht empört das Gesicht.

Wir haben ziemlich vorgeglüht, bevor wir gekommen sind. Und es kostete einige Überredung, Lea hierher zu kriegen. Sie meinte, sie sei mit Gabe fertig. Aber Bianca wollte unbedingt kommen, um Bailey zu sehen. Also haben wir Lea abgefüllt, und plötzlich hat sie beschlossen, dass sie Gabe sehen müsse, um sich zu beweisen, dass sie mit ihm fertig ist.

»Ach ja? Und wer ist der Kerl, mit dem ich dich immer auf dem Campus sehe? Der große Dünne mit der Brille?«, fragt

Gabe. Er ist offensichtlich betrunken, aber das Gute an Gabe ist, dass er nie bedrohlich betrunken ist. Er ist wie ein großer, tapsiger Welpe, der keine Kontrolle über seine Gliedmaße hat.

»Danny?«, fragt Lea und sieht verwirrt aus. Dann steigert sie sich in eine typische Lea-Wut hinein. Sie pikst ihm den Finger in die Brust und drängt ihn an die Wand. »Du musst gerade was sagen!«

Gabes Augen werden rund.

»Du und dein Füßel-Date mit Hillary, der Schlampen-Queen von Schwanzhausen.«

Er sieht entsetzt aus. Ich verspüre den Impuls, ihn zu beschützen, aber ich sollte in dieser Sache wohl zu Lea halten. Ich merke, dass Casey und Sam sich neben mich stellen.

»Hey«, grüße ich sie aus dem Mundwinkel. »Müssen wir uns Sorgen machen?«

»Ich glaube, die regeln das unter sich«, sagt Casey.

»Ja, Gabe wirkt ziemlich entschlossen«, fügt Sam hinzu.

»Na endlich«, sage ich.

Gabe sieht uns an. »Ich kann euch hören, wisst ihr.«

»Oh, auf einmal kannst du hören!«, sagt Lea.

»Kann ich. Ich habe ein Hörgerät bekommen«, sagt er und hebt herausfordernd das Kinn.

»Toll für dich!«, faucht Lea und wirft die Arme in die Luft. »Weißt du, du hättest mir den ganzen Kram schon vor hundert Jahren sagen können, dann hätte ich mich nicht hundert Jahre lang allen möglichen Kram gefragt, und vielleicht hätten wir sogar gemeinsam irgendeinen Kram unternehmen können.«

»Das war eine Menge Kram«, flüstert Casey.

»Ich kann euch auch hören«, sagt Lea, dreht sich um und bedenkt Casey mit einem Todesblick.

Er hebt beschwichtigend die Hände.

»Weißt du«, sagt Gabe, »ich wollte gestern nur nett zu dir sein. Ich wollte dich bitten, mit auf diese Party zu kommen, und du hast mich total abblitzen lassen.«

»Ich wollte nicht mit dir reden«, sagt sie mit gepresster Stimme.

»Aber warum nicht? Was habe ich getan?«

»Lass mich mal nachdenken ... du fragst die ganze Zeit meine Freunde nach mir, aber mit mir redest du nie. Wir laufen uns über den Weg, und du sagst mir noch nicht mal Hallo! Und dann willst du manchmal ganz plötzlich mein Freund sein. Aber nur, wenn es dir gerade passt.«

Er sieht sie an und blinzelt.

»Klingelt es da bei dir?«

»Nicht nur, wenn es mir gerade passt ...«

»Du sendest eine Menge widersprüchlicher Signale aus, Gabe. In einer Sekunde bist du süß und lieb und auf eine nette Art seltsam, und in der nächsten Sekunde bist du nicht sehr nett und verletzend und auf eine schlechte Art seltsam.«

»Ich wollte nie auf eine schlechte Art seltsam sein«, sagt er leise. »Ich meine, ich wollte immer süß und lieb sein. Den ganzen anderen Kram nicht, den will ich nicht sein. Aber vielleicht bin ich das alles wirklich, weil ich den Kram gar nicht gemerkt habe.«

»Schon wieder so viel Kram«, murmelt Sam. »Lasst uns ein Trinkspiel daraus machen.«

Ich trete einen kleinen Schritt zurück. »Ich finde, wir sollten da nicht mehr zuhören«, sage ich zu ihm.

»Pst«, sagt Casey und zieht mich wieder näher. »Sie werden morgen auf unsere Berichterstattung angewiesen sein, besoffen, wie sie sind.«

»Ich bin nicht besoffen«, sagt Lea, ohne sich umzudrehen.

»Ich schon«, sagt Gabe. »Fürs Protokoll.«

»Also, was hast du zu deiner Verteidigung vorzubringen?«, fragt Lea und pikst ihm wieder in die Brust.

»Hör bitte auf, mich zu piksen«, sagt er.

Sie lässt die Arme sinken und ballt die Hände zu Fäusten. »Na schön.«

Er sieht sie an, und sein Gesicht nimmt einen Ausdruck an, den ich nicht deuten kann. Eine Sekunde lang denke ich, dass er sich gleich vorbeugt und sie küsst. Das macht mir Sorgen, weil ich ziemlich sicher bin, dass sie ihm dann mit dem Knie eins in die Eier verpassen würde.

»Der ganze Kram stimmt, und wenn ich normal wäre, und nicht schlecht seltsam, hätte ich dir den Kram schon erzählt, und wir hätten allen möglichen Kram zusammen unternehmen können«, sagt er.

»Nicht *eine* klare Aussage, faszinierend«, murmelt Casey. »Diese Überbeanspruchung von ›Kram‹ ist legendär.«

»Alter, ich habe jedes Mal einen gekippt, wenn sie das Wort gesagt haben«, sagt Sam.

»Was ist hier los?«, fragt Bianca und stellt sich neben mich.

»Gabe und Lea liefern sich entweder gleich einen Faustkampf, oder sie knutschen rum«, erkläre ich und werfe Bailey und ihr einen verstohlenen Blick zu.

»Knutscht rum, knutscht rum, knutscht rum«, feuert Bailey sie mit gedämpfter Stimme an.

Gabe dreht sich nicht mal um, er zeigt nur mit dem Finger auf ihn und sagt: »Schnauze.«

Bailey hält die Schnauze.

»Was?«, sagt Lea. »Ist das alles, was du zu sagen hast?«

Gabe schaut sie an, dann uns, und runzelt die Stirn. Er schaut wieder zu Lea. »Ich glaube nicht, dass das hier der richtige Ort ist, vor den ganzen Leuten. Können wir vielleicht rausgehen oder so? Wäre das in Ordnung?«

Ich erwarte, dass sie ihn jetzt wieder anschreit, aber es ist, als wäre aller Kampfgeist aus ihrem Körper gewichen.

»Ja, klar, das ist in Ordnung«, sagt sie und verschränkt die Arme.

Ich habe das Gefühl, dass ich etwas sagen sollte, aber ich will sie nicht versehentlich umstimmen. Die zwei müssen wirklich reden.

»Bist du sicher, Lea?«, fragt Bianca, als könnte sie meine Gedanken lesen.

»Ja. Alles gut. Ich melde mich, falls ich euch brauche.«

Wir blicken uns stumm an. Dann schauen wir hinter uns und stellen fest, dass die ganze Party quasi zum Erliegen gekommen ist, weil niemand die Szene verpassen wollte. Lea und Gabe gehen ohne ein weiteres Wort zur Treppe.

Irgendwer dreht die Musik wieder lauter, und die Unterhaltungen werden fortgesetzt. Casey holt Biernachschub aus seinem Geheimversteck.

»Und jetzt heißt es warten«, sagt er und reicht jedem ein Bier.

Ich wende mich an Casey, sobald Lea und Gabe außer Hörweite sind, und sage: »Ich will nicht warten. Können wir ihnen nicht irgendwie hinterherspionieren?«

»Willst du das wirklich?«, fragt er und schneidet eine Grimasse.

»Alter«, sagt Bailey, »wie kannst du das nicht wollen? Tu doch nicht so anständig. Wir müssen nur einen guten Platz finden, um sie zu belauschen.«

Wir gehen nach oben ins Wohnzimmer und öffnen ein Fenster, aber sie scheinen im Garten hinterm Haus zu stehen.

»Badezimmer«, sagt Casey, und wir folgen ihm. Bailey schließt die Tür hinter uns ab.

»Wir wollen bei dieser wichtigen Überwachungsaktion nicht gestört werden«, kommentiert er.

Casey kippt das Fenster, und ein Schwall frischer Luft strömt ins Bad. Wir lassen das Licht aus und atmen alle so leise wie möglich.

»Du brauchst eine Jacke«, hören wir Gabe.

»Typisch Gabe«, murmelt Sam.

»Ich brauche keine Jacke«, sagt Lea. »Worüber wolltest du reden?«

»Ich weiß es auch nicht. Ich konnte da drin nicht mehr denken. Die ganze Party hat uns zugehört. Und ich wollte zu vieles sagen, um es auf der großen Bühne zu tun.«

»Dann sag es jetzt.«

»Okay, als Erstes, es tut mir leid. Ich bin echt schlecht mit diesem Kram.«

»Welchem Kram? Wir überstrapazieren dieses Wort. Als

hätten wir Angst, etwas Genaues zu sagen, und deshalb sagen wir gar nichts.«

»Bailey, erklär den Idioten vor der Tür, dass sie aufhören sollen zu klopfen, sonst können wir nichts mehr hören«, flüstere ich.

Bailey öffnet die Badezimmertür einen Spalt.

»Ich pisse gleich in die Spüle, wenn du mich nicht reinlässt«, droht Antonio.

»Antonio muss pissen«, verkündet Bailey. Wir verlassen im Gänsemarsch das Badezimmer und laufen durchs Haus, um einen vergleichbar guten Lauschposten zu finden. Schließlich landen wir in einem Schlafzimmer im Obergeschoss, aber wegen des Windes kann man hier kaum etwas verstehen. Wir hören einzelne Worte von Lea, aber das war's.

»Dann müssen wir wohl auf ihren Bericht morgen früh warten«, sage ich.

Victor (Seminarteilnehmer Kreatives Schreiben)

In den letzten drei Monaten habe ich Gabe und Lea gemieden wie die Pest. Immer, wenn ich sie aus der Ferne gesehen habe, bin ich in die Gegenrichtung geflüchtet. Denn wo der eine ist, ist gewöhnlich auch der andere nicht weit. Und ich bin es verdammt leid, Kronzeuge ihrer kleinen »Augenblicke« zu sein.

Als ich mit meinen Mitbewohnern auf dem Weg zu dieser

Party war, habe ich gar nicht an Gabe und Lea gedacht. Mein Fehler. Denn natürlich sind sie da. Und natürlich ziehen sie mal wieder eine Show ab. Als ich gesehen habe, wer für das Drama im Keller verantwortlich war, habe ich mich schleunigst in den Garten verzogen und beschlossen, ein paar Kippen zu rauchen.

Aber wie es der Teufel will, habe ich gerade erst zweimal gezogen, als ich sie aus dem Haus kommen höre. Die gönnen mir echt keine Pause. Ich überlege, ob ich meine Zigarette austreten und wieder reingehen soll, aber eine solche Nikotinverschwendung widerstrebt mir. Ich starre in den Himmel und versuche, die beiden zu ignorieren.

Ich stelle mir einfach vor, dass ihre Stimmen sanfte Wellen sind, die ans Ufer schlagen. Ich konzentriere mich auf die Sterne und die fedrigen Wolken, die vor dem Mond vorbeiziehen. Dabei wird mir schwindelig. Heilige Scheiße, bin ich besoffen.

Ich höre Gabes Gemurmel, aber nicht, was er sagt.

Ich beschließe, dass ich zu neugierig bin, um mir dieses Schauspiel entgehen zu lassen. Ich stehe auf und schleiche mich am Haus entlang, wobei ich mich im Schatten halte, bis ich sie durch einen Busch hindurch sehen kann. Keine Ahnung, was ich hier mache – ich spioniere quasi den beiden Menschen nach, die ich vorgeblich am meisten auf der Welt hasse. Ich schiebe es auf den Alkohol.

Lea hat die Hände in die Hüften gestemmt, und Gabe steht eine Million Kilometer von ihr entfernt. Er hat die Hände tief in den Taschen vergraben und den Körper halb zur Seite gedreht, als wäre er bereit, jede Sekunde davonzustürmen.

»Komm schon, Gabe, du musst mir wenigstens irgendeinen Anhaltspunkt geben.«

»Ich will nichts von Hillary.«

»Also wolltest du mit ihr befreundet sein?«

»Nein.«

»Gut, sie ist nämlich scheiße.«

»Es ist bescheuert. Es ist so bescheuert, ich glaube, ich kann es dir nicht sagen.« Er starrt in den Himmel, statt sie anzusehen.

»Was?«

»Ich habe Hillary benutzt, um mit ihr zu üben.«

»Was zu üben?«, fragt sie und macht einen Schritt auf ihn zu.

Er verdreht die Augen. »Ich habe sie benutzt, um zu üben, mit Mädchen zu sprechen.«

Ich muss mich sehr zusammenreißen, um nicht laut loszulachen. Lea sagt nichts.

»Ich dachte, du hättest kapiert, dass ich schüchtern bin. Deshalb habe ich ja auch den Aufsatz im Seminar vorgelesen. Ich dachte, vielleicht wärst du bereit, ein bisschen Geduld mit mir zu haben, weil du mich verstehst …«

»Das habe ich auch verstanden. Das tue ich immer noch, ich akzeptiere das«, sagt sie. »Aber das war vor sechs Monaten!«

»Ich bin eben langsam.«

»Das ist sehr, sehr langsam, Gabe.«

»Ich werde nervös und denke über alles viel zu viel nach.«

»Jetzt wirkst du aber gar nicht nervös.«

»Jetzt bin ich ja auch betrunken!«, sagt er.

»Also, du bist schüchtern und schlecht darin, mit Mädchen zu reden, und deshalb bist du mit Hillary essen gegangen?«

»Es war nur ein Mittagessen in der Cafeteria. Wir haben uns nicht verlobt. Warum reitest du so darauf rum?«

»Weil du … ihre Hand berührt und mit ihr gefüßelt hast!«

»Ich habe ihre Hand berührt?«

»Ja. Maribel hat euch die ganze Zeit beobachtet, und ich war am Telefon, und sie hat mir live Bericht erstattet!«

Auweia! Keine Chance, dass er da wieder rauskommt.

»Findest du das nicht ein bisschen verrückt?«, fragt er. »Dass du deine Freundin zum Spionieren auf mich ansetzt?«

»Okay, ein bisschen, vielleicht, aber trotzdem. Wenn du mich magst, solltest du so was nicht machen.«

»Lea, diese Hillary-Geschichte hatte mit dir nichts zu tun, wirklich nicht. Und du warst auch nicht gerade offenherzig mit deinen Gefühlen. Es ist, als bräuchte ich ein Dekodiergerät, um dich zu verstehen. Am einen Tag sitzt du mit mir im Diner, und ein paar Tage später flirtest du mit einem Typen in der Bibliothek und ignorierst mich.«

Sie schüttelt den Kopf. »Ich war es einfach leid. Und ich habe mich so lächerlich gefühlt. Das war reiner Selbstschutz.«

»Das Gefühl kenne ich«, sagt er. Dann scheint er meine glimmende Zigarette entdeckt zu haben. »Wer ist da?«

Lea dreht sich um.

Ich komme hinter dem Busch hervor und versuche zu lächeln, obwohl ihre Blicke mir verraten, dass ich gleich richtig eins draufkriege.

»Hallo! Wie geht's?«

»Victor«, sagt Lea.

»Lange nicht gesehen«, rufe ich überschwänglich.

»Was machst du hier?«, fragt Gabe.

»Ich bin mit meinen Freunden auf der Party.«

»Spionierst du uns hinterher?«, fragt Lea.

»Klar, so wie du Gabe hinterherspioniert hast«, sage ich kichernd.

Sie reibt sich die Nase. »Autsch. Das hat gesessen.«

Gabe wendet sich ab. »Ich gehe jetzt.«

»Was? Du gehst jetzt einfach?«, fragt Lea.

»Ja. Ich habe zu viel getrunken, um dieses Gespräch weiterzuführen. Ich habe das Gefühl, dass alles, was ich sage, falsch herauskommt. Ich muss das für mich klären. Aber erst mal muss ich schlafen. Im Moment funktioniert gar nichts.«

»Weil du mir nicht zuhörst.«

»Ich glaube, ihr habt beide nicht zugehört«, schalte ich mich ein.

Sie starren mich an. Dann wirft Gabe Lea einen entschuldigenden Blick zu. »Es tut mir leid«, sagt er.

Wir sehen ihm nach.

»Vielleicht solltest du ihm hinterherlaufen«, schlage ich vor.

»Als würde ich auf deinen Rat etwas geben«, knurrt sie verächtlich. Sie drängt sich an mir vorbei, stürmt ins Haus und knallt die Tür hinter sich zu.

Tja. Da hat wohl keiner von uns einen glänzenden Auftritt hingelegt.

Zwei Sekunden später kommt sie wieder aus der Tür und ruft über die Schulter: »Nein, wirklich, alles in Ordnung. Keine Sorge.«

Ihre Freundinnen folgen ihr auf dem Fuße. »Du kannst nicht alleine gehen.«

»Mach ich ja auch nicht«, sagt Lea. »Victor begleitet mich.«

»Victor aus deinem Seminar?«

»Genau.«

»Du hasst ihn.«

In diesem Augenblick taumeln ein paar Typen aus der Tür. »Wo ist Gabe?«

»Gegangen«, sagt sie schlicht.

»Wohin?«

Sie zuckt die Schultern, packt mich am Arm und lässt eine Horde Betrunkener in ihrem Kielwasser zurück. Ich winke ihnen zum Abschied.

Ein Spaziergang kann jetzt nicht schaden.

Bob (Busfahrer)

Ich mache gerade ein Päuschen vor dem Studierendenhaus, als mein alter Freund Gabe in den Bus stolpert. Er nickt mir zu, und sein verzweifeltes Gesicht entgeht mir nicht. Ich mustere ihn im Rückspiegel. Er sieht aus, als wäre ihm speiübel.

»Wirst du hier etwa gleich reihern?«, frage ich und fange seinen Blick auf.

»Nee. War nur ein beschissener Abend.«

»Willst du drüber reden?«

Er öffnet den Mund, um etwas zu sagen, als wir direkt vor dem Bus die Stimme eines Mädchens hören.

»Na wunderbar«, murmelt Gabe.

»Also, danke, dass du mich begleitet hast«, sagt sie. Mir wird schnell klar, dass es Lea ist, und dass sie der Grund für Gabes beschissenen Abend sein dürfte.

»Was?«, fragt der Typ.

»Danke, dass du mich begleitet hast. Ich musste mal weg von meinen Freunden, du hast mir wirklich einen Gefallen getan. Aber jetzt will ich allein sein.«

»Wo sind wir überhaupt?«, fragt der Typ.

»Studierendenhaus. Du musst nur einen Block in die Richtung, dann bist du wieder auf der Party.«

»Alles klar da draußen?«, rufe ich durch die offene Tür.

»Ja«, sagt sie, dreht sich zu mir um und lächelt mich an. »Alles klar.«

»Ich soll zurückgehen?«, fragt er.

»Genau. Und komm bloß nicht auf die Idee, irgendwem zu erzählen, was ich dir unterwegs gesagt habe.«

»Ich weiß gar nicht mehr ...«, murmelt der Typ. »Hast du ... was gesagt?«

»Gut, dabei belassen wir es.«

Er macht kehrt und geht die Straße hinunter, und Lea steigt in den Bus.

»Bist du sicher, dass er alleine klarkommt?«, frage ich.

Sie macht ein schuldbewusstes Gesicht. »Ja, denke schon. Seine Freunde sind noch auf der Party, und so weit ist es nicht.«

Sie holt tief Luft und stößt sie in einem langen, tiefen Seufzer wieder aus, als sie Gabe sieht.

»Natürlich«, murmelt sie.

»Ich habe noch zehn Minuten Pause«, erkläre ich ihnen.

Beide nicken. Sie setzt sich hinter ihn.

Sie hocken mehrere Minuten in eisernem Schweigen da, dann dreht er sich zu ihr um.

»Es tut mir leid, dass ich heute Abend so streitlustig war«, sagt er.

»Es tut mir leid, dass ich gestern bei Starbucks so abweisend war«, erwidert sie.

Ich starte den Bus und beginne mit meiner Route. Sie haben anscheinend beide nicht bemerkt, dass sie in die falsche Richtung fahren. So herum wird es länger dauern, bis sie bei ihrem Wohnheim sind.

»Ich weiß, ich habe gesagt, dass ich gerade nicht reden will, aber es gibt da ein paar Dinge, die du wissen solltest.«

Sie nickt und sieht ein bisschen weniger angespannt aus.

»Also, los geht's«, sagt er.

Ich beobachte sie im Rückspiegel, während wir an einer Ampel warten. Sie beugt sich vor, und er sitzt immer noch seitwärts, aber er sieht sie nicht mehr an, sondern blickt in seinen Schoß. Etwas an der Art, wie sie die Hände unterm Kinn verschränkt, gibt mir den Eindruck, dass sie ihn gerne berühren würde, sich aber nicht traut.

»Okay, als Erstes, das ist mir echt peinlich, aber ich hatte noch nie eine Freundin oder so, und ich hatte Angst, etwas falsch zu machen.«

Lea zuckt die Schultern. »Ich hatte erst einen festen Freund. Ich bin auch nicht gerade Elizabeth Taylor mit ihren vierzig Ehemännern.«

»Echt?«

»Echt.«

»Da fühle ich mich gleich besser.«

»Siehst du? So einfach ist das«, sagt sie und lächelt.

»Okay, das Nächste ist komplizierter. Eigentlich ist es gar nicht mehr so schlimm, aber es ist wichtig, dass du es weißt, weil ich glaube, dass du mich dann ein bisschen besser verstehst.«

Sie nickt geduldig.

»Letztes Jahr im Januar hatte ich einen Autounfall«, beginnt er. »Gleich nach Silvester.«

Sie stößt einen hauchzarten Schreckenslaut aus, den ich über das Brummen des Motors hinweg mehr erahne, als höre.

»Ich war auf dem Heimweg, nachdem ich meine kleine Schwester Becca zu einer Freundin gefahren hatte, bei der sie übernachten wollte. Plötzlich gab es Blitzeis, und mein Auto ist ins Schleudern geraten und gegen einen Baum geprallt, genau auf der Fahrerseite. Mein Ellbogen wurde eingequetscht, und ich bin mit dem Kopf gegen die Tür geknallt.« Er berührt unwillkürlich sein Ohr und die Seite seines Kopfes.

Er schaut sie an, und ich stelle fest, dass ich schon zweimal die Grünphase verpasst habe. Ein Glück, dass um diese Zeit sonst niemand unterwegs ist. Ich fahre weiter, aber meine Aufmerksamkeit bleibt bei Gabe und Lea. Ich sage ja immer, dass man bei Glatteis-Gefahr nicht fahren sollte.

»Das tut mir leid«, sagt sie leise.

»Es ist alles gut! Das ist es ja. Mir geht es gut. Ich war ein paar Tage bewusstlos und ein paar Wochen im Krankenhaus, und alles hat wehgetan. Ich brauchte Hilfe bei so ziemlich allem, und meine Mutter hat mir jede Menge Schuhe ohne Schnürsenkel gekauft, weil ich so lange den Gips hatte und mir nicht die Schuhe binden konnte.« Er lächelt sie an, aber sie ist zu erschüttert, um das Lächeln zu erwidern.

»Hm.«

»Aber dann hat sich rausgestellt, dass durch den Aufprall mit dem Kopf … etwas in meinem Ohr kaputtgegangen ist. Deshalb kann ich auf der einen Seite nicht mehr hören. Also, da steckt noch mehr dahinter, langweiliger Medizinkram, aber das ist das Wesentliche. Der Arzt meinte, vielleicht würde es mit der Zeit besser werden, vielleicht auch nicht. Ich habe gewartet, dass es besser wird. Mit meinem Ellbogen ist es auch besser geworden, und mit meinem Kopf auch. Aber mit dem Ohr nicht.«

Sie nickt.

»Und dann bin ich nach all den Monaten zurück aufs College gekommen und habe mein Baseball-Stipendium verloren. Alles war einfach nur beschissen«, sagt er. Der Junge macht mich echt fertig. »Ich wollte, dass du mich magst, aber ich wollte nicht, dass du Mitleid mit mir hast. Ich wollte nicht, dass irgendjemand Mitleid mit mir hat. Und deshalb habe ich nur Mist gebaut.«

Wir sind an ihrer Haltestelle, und ich weiß nicht, ob ich sie darauf hinweisen soll oder nicht. Lea bemerkt es und steht auf.

»Danke«, sagt sie zu ihm. »Dass du es mir erzählt hast.«

»Dann ist zwischen uns alles geklärt?«

»Ja. Es ist nur …« Sie unterbricht sich und seufzt. »Ich habe das Gefühl, dass alles zwischen uns so seltsam und verrückt gelaufen ist, und wenn du mir diese Sache früher erzählt hättest, hätte ich dich verstanden. Aber ich wusste einfach nicht, was los war.«

Er nickt, aber er sieht so aus, als wappne er sich für einen Schlag ins Gesicht.

»Gibst du mir ein bisschen Zeit? Zum Nachdenken?«, fragt Lea.

»Okay.«

»Es tut mir leid. Ich muss das erst mal verdauen.« Sie verschränkt die Arme. Dann fällt ihr wieder ein, dass ich auch noch da bin. Sie hebt den Finger und bittet mich um eine Minute.

»Oh.«

»Das ist nichts Schlechtes. Aber ich habe echt viel getrunken, und du auch, und ich glaube nicht, dass wir all die Monate Dummheit in einer Nacht lösen können.«

Er drückt sich die Handballen auf die Augen.

»Bringst du mich nach Hause?«, fragt sie. »Bitte?«

Er nickt, und sie gehen den Mittelgang entlang und bedanken sich bei mir, immer wohlerzogen, sogar nach einem so aufreibenden Abend.

Ich blicke ihnen nach, bis sie in ihrem Wohnheim verschwinden.

Casey (Kumpel von Gabe)

Ich sitze auf der Veranda und tue so, als würde ich für mein Psychologieseminar lesen. Es ist ein herrlicher Sonntagnachmittag. Die Sonne scheint, die Vögel kacken mein Auto voll, und der Stuhl, auf dem ich sitze, knarzt bei jeder Bewegung. Ich sollte vermutlich nicht darauf nach hinten kippeln, um die Füße aufs Geländer zu legen, aber der Nervenkitzel lässt mein Bauingenieursherz schneller schlagen. Ich teste den Bruchwiderstand. Zumindest werde ich das behaupten, wenn ich in der Ambulanz eingeliefert werde, weil das Ding unter mir zusammengekracht ist.

»Warum zum Teufel liest du *Ich hab dir nie einen Rosengarten versprochen?*«

Ich habe gar nicht gemerkt, dass Gabe die Treppe hochgekommen ist. Der Stuhl steht kurz vorm Kollaps, als ich mit Schwung nach vorne kippe. Beim Aufprall der Vorderbeine auf dem Boden gibt er ein grauenhaftes Geräusch von sich.

»Für Psychologie«, erkläre ich, während er sich über meine unsanfte Landung kaputtlacht. »Ey, lach nicht.«

Er schnaubt, dann setzt er ein ernstes Gesicht auf und schnappt sich den anderen Stuhl.

»Also, was geht?«, frage ich. Mir brennen mindestens vierhundert Fragen auf der Zunge, aber ich sollte wohl besser harmlos beginnen.

»Nichts.«

»Irgendwas geht immer.«

»Hm, ja. Aber ich weiß nicht, wie ich darüber reden soll.«

»Wir können *Twenty Questions* spielen. Die erste Frage lautet: Wohin bist du gestern Abend gegangen?«

»Nach Hause.«

»Warum hast du nicht einem von uns eine SMS geschrieben, damit wir nicht annehmen mussten, dass du tot bist?«

Er sieht mich entnervt an.

»Okay, wir haben uns schon gedacht, dass du nicht tot bist. Aber du hättest zurück auf die Party kommen sollen.«

»Auf keinen Fall. Es war schon peinlich genug.«

»Lea ist auch gegangen.«

»Ja, ich weiß. Wir waren im selben Bus.«

»Ach ja?«

»Ja. Ich habe ihr mein Herz ausgeschüttet, und sie sagte in etwa: ›Ist ja interessant, lass uns ein andermal darüber reden, ja?‹«

»Ernsthaft?«

»Ich habe angeblich zu viele widersprüchliche Signale gesendet und, äh ... ihr nicht genügend Anhaltspunkte gegeben. Und sie meinte, wir wären beide zu betrunken, um zu einer sinnvollen Lösung zu kommen. Als wir ins Wohnheim gegangen sind, hat sie gesagt, sie würde sich bei mir melden, wenn sie das alles verdaut hat.«

»Was wirst du jetzt tun?«

»Tun?«

»Ja, was ist der nächste Schritt?«

»Ich weiß noch nicht.«

»Ich bin stolz auf dich. Immerhin siehst du ein, dass es einen nächsten Schritt geben sollte.«

»Schon. Aber ich habe den Eindruck, dass ich auf ein Zeichen von ihr warten sollte. Sie gibt mir ein Signal, wenn sie wieder mit mir reden will oder so.«

»Du solltest dir irgendeine romantische Aktion überlegen.«

»Oh, ja, ganz mein Stil.«

»Dann mach halt eine Gabe-typische romantische Aktion.«

»Ich habe nicht die geringste Ahnung, was das sein könnte.«

»Bevor wir völlig vom Thema abkommen … Bist du aus einem bestimmten Grund hier?«

»Ich war auf der Suche nach hirnloser Unterhaltung in Form von Computerspielen.«

»Ich glaube, damit können wir dienen.«

Mai

Hillary (Seminarteilnehmerin Kreatives Schreiben)

»Tut mir leid, dass ich so spät dran bin. Heuschnupfen«, sagt Inga und rauscht in letzter Sekunde in den Seminarraum. Mit ihrer roten Nase sieht sie aus wie ein Clown.

Ich kann das Semesterende kaum erwarten. Vor allem jetzt, wo Gabe meint, er sei zu gut für mich. Ich bin es leid, mehrere Stunden die Woche in seiner Gesellschaft zu verbringen.

»Es gibt noch eine kurzfristige Änderung der Aufgabe, die ihr bis Donnerstag einreichen müsst.« Ingas näselnde Stimme reißt mich aus meinen Gedanken.

Ein Stöhnen geht durch den Raum.

»Dafür wird sie kürzer als ursprünglich angekündigt«, verspricht sie.

Ich sehe sie misstrauisch an. Das muss ein Trick sein. Nichts in diesem Kurs ist jemals kurz oder einfach.

»Ihr werdet mit hundert Wörtern eine Person beschreiben, ohne Adjektive zu benutzen.«

»Was?«, frage ich. Ich muss mich verhört haben.

»Einhundert Wörter, eine Personenbeschreibung, keine Adjektive.«

»Aber Adjektive sind Eigenschaftsworte.« Ich versuche zu verstehen, warum Inga glaubt, dass normale Menschen zu so was in der Lage sind. Man muss ein Genie sein, um bei dieser Aufgabe gut abzuschneiden.

»Ja, vielen Dank, Hillary, ich weiß, was Adjektive sind.«

»Das ist unmöglich«, sage ich. Ich muss mich zurückhalten, um nicht »Zicke« vor mich hin zu murmeln. Vielleicht beeinträchtigen ihre Allergietabletten ihr Denkvermögen.

Muss wohl so sein, denn sie verdreht wirklich die Augen. Dozenten dürfen nicht die Augen verdrehen! Ich könnte eine Beschwerde wegen zickigen Verhaltens einreichen. Ich sehe zu Gabe rüber, der in sein Notizbuch kritzelt, und dann zu Lea, die auf ihrem Daumennagel herumkaut. Ein Blick durch den Raum zeigt mir, dass die anderen Studenten der Aufgabe ebenso gleichmütig gegenüberstehen. Ich rutsche in meinem Stuhl nach unten und verschränke die Arme.

»Also gut. Ich gebe euch ein Beispiel: ›Meine Mutter hat in ihrem Wohnzimmer einen Sessel, und wenn sie darin sitzt, ist sie entspannt. Wenn sie darin ein Buch liest, ist er wie ihre Wohnung. Wenn sie sich abends in ihrem Sessel niederlässt, ist ihre Welt in Ordnung.‹ Könnt ihr euch meine Mutter vorstellen? Was für eine Art Mensch sie ist?«

»Hm, vage …«, sage ich und gebe mir Mühe, meinen Widerwillen bis zum Maximum aufrechtzuerhalten. Wenn Inga rumzickt, kann ich das auch.

»Man könnte auch sagen, dass jemand ein Wieselgesicht hat und Haare wie Stroh und das Auftreten eines Pudels, der sich für etwas Besseres hält.«

Die meint ja wohl nicht mich? Ich will gerade aufspringen und Inga zeigen, wer hier der Boss ist, als eine leise Stimme sagt: »Klingt dufte.«

Gabes niedlich-bescheuerter Ausdruck hilft mir, meinen Ärger im Zaum zu halten. Bis mir wieder einfällt, dass er ein totaler Idiot ist und ich ihn nicht ausstehen kann. Warum ist mein Leben so kompliziert?

»Also«, sagt Inga. »Jeder wird seine Beschreibung vortragen. Sie macht zwanzig Prozent der Abschlussnote aus. Die übrigen achtzig Prozent setzen sich aus den Erzählungen zusammen, wie besprochen.«

Gabe schluckt deutlich hörbar. Was habe ich nur an dem gefunden?

»Mach dir keine Sorgen, alles wird gut«, sagt Inga und schaut ihn an. Was zum Teufel? Warum ist sie so ein Fan von diesem Sonderling?

Bin ich froh, dass das Semester fast rum ist.

Charlotte (Barista bei Starbucks)

Es ist so viel los, dass ich sie erst sehe, als sie direkt vor mir steht und ihren Becher in Empfang nimmt.

»Hey«, sage ich.

»Oh, hey.«

Sie sieht trübsinnig aus. Ich würde sie gerne fragen, ob alles in Ordnung ist, aber die Warteschlange ist völlig außer Kontrolle und der Milchschäumer klingt wie ein asthmatischer Dinosaurier. Nicht der beste Zeitpunkt für ein Schwätzchen.

Sie nimmt ihren Iced Caramel Macchiato, setzt sich an den nächsten freien Tisch und starrt aus dem Fenster. Ich frage mich, ob sie versucht, Gabe durch Telepathie herbeizulocken. Ich beobachte sie aus dem Augenwinkel, bis meine Stunde am Getränkeschalter rum ist. Sie hat ein kleines rosa Notizbuch vor sich liegen, in das sie wie wild hineinschreibt.

Natürlich hat sie ein kleines rosa Notizbuch.

Kaum zu glauben, dass es nicht noch eine rosa Fellhülle hat, oder so.

Mit dem Wischlappen getarnt nähere ich mich ihrem Tisch. Sie schaut zu mir rüber und setzt ein dünnes Lächeln auf, das nicht ihre Augen erreicht.

In diesem Augenblick kommt einer ihrer Freunde zur Tür hereinstolziert. »Lea, meine Liebe«, sagt er, und sie blickt von ihrem Notizbuch auf. »Wie geht es dir?«

»Hey, Danny. Es ging mir schon besser«, erwidert sie.

»Was hast du auf dem Herzen?«, fragt er.

Ich belausche sie, während ich die Tische sauberer wische, als sie in der Geschichte von Starbucks je waren. Als sie zu der Stelle kommt, wo sie zu Gabe sagt, dass sie mehr Zeit braucht, kann ich mich nicht länger beherrschen.

»Wie bitte?«, frage ich und komme an ihren Tisch.

»Wir waren betrunken«, erklärt sie, schaut mich an und schüttelt den Kopf. »Es war schlechtes Timing. Alles hat sich falsch angefühlt.«

»Ist dir denn nicht klar, dass er total in dich verknallt ist?«, sage ich.

»Was?«

»Er kann die Augen nicht von dir lassen, wenn ihr hier seid.

Ich habe gehört, dass er deine Freunde nach dir fragt, wenn du nicht da bist. Ich habe gehört, wie er über dich redet.«

»Sie hat völlig recht«, sagt Danny.

»Ich hab's vermasselt«, stöhnt Lea.

»Hör zu«, sage ich, setze mich seufzend auf den Stuhl gegenüber und hoffe, dass mein Boss jetzt nicht reinkommt. »Anfangs dachte ich, er wäre ein totaler Idiot. Ein Freak, der es nicht wert ist, dass man seine Zeit an ihn verschwendet. Aber in den letzten Monaten hat er mich eines Besseren belehrt. Wir lieben es einfach, euch zwei zu beobachten.«

»Wir?«

»Äh, na ja, im Prinzip alle, die hier arbeiten, aber vor allem Tabitha und Keith.«

Da lächelt sie zum ersten Mal richtig.

»Ich will damit sagen, du solltest noch einen Versuch starten. Schaden kann es nicht.«

»Dem stimme ich zu«, sagt Danny.

»Okay«, erwidert sie. »Ich glaube, ich habe eine Idee.«

Victor (Seminarteilnehmer Kreatives Schreiben)

Ich höre Gabe, bevor ich ihn sehe. Ich meine, als ich die Schritte höre, habe ich natürlich noch keine Ahnung, dass es Gabe ist, sonst hätte ich stillschweigend die Flucht ergriffen. Er sortiert in der Bibliothek Bücher ein, und ich brauche ein

Buch aus genau dem Regal, vor dem er steht. An dieser Begegnung führt kein Weg vorbei.

Als er mich sieht, bekomme ich das vage Gefühl, dass er mehr Angst vor mir hat, als ich vor ihm.

»Hey, Kumpel«, sage ich.

Er grunzt zur Antwort und würdigt mich kaum eines Blickes.

»Hast du die Sache mit deinem Mädchen geklärt?«

Er schnaubt.

»Also nicht.«

»Warum interessiert dich das?«, fragt er mit ruhiger Stimme.

»Ich habe ein schlechtes Gewissen. Ich hätte mich da raushalten sollten. Stattdessen habe ich mich eingemischt und alles noch schlimmer gemacht. Es tut mir leid.«

Er verdreht die Augen und geht zum nächsten Regal.

»Ich meine es ernst.«

»Schön«, sagt er, und seine Stimme klingt jetzt irgendwie gepresst, unbehaglich.

»Und es tut mir leid, was ich letztes Semester zu euch gesagt habe. Ich dachte, es wäre vielleicht ein Schubs in die richtige Richtung. Es ist so offensichtlich, dass sie dich mag, Alter.«

»Ha.«

»Nein, ernsthaft.«

»Ja, klar. Warum soll ich dir überhaupt glauben?«

»Weil ich aus irgendeinem Grund immer wieder in eure … kleinen Augenblicke hineingerate. Ich war beim Mitternachtsfrühstück dabei und auf dem Konzert im Januar und bei eurer

Show neulich Nacht. Ganz zu schweigen von den Seminarsitzungen im letzten Semester.«

Er dreht sich zu mir um und sieht mich an. Jetzt habe ich seine Aufmerksamkeit.

»Und ihr zwei Idioten seid leider das Süßeste, was ich je gesehen habe. Schlimm genug, dass ich das Wort ›süß‹ überhaupt in den Mund nehme. Von diesem Wort wird mir schlecht.«

Das bringt ihn zum Lachen.

»Ich habe keine Ahnung, warum ich mich hier einmische, und du hast wohl mittlerweile allen Grund, mir eine reinzuhauen. Aber bevor du das tust, solltest du dir klarmachen, dass *ich* euch vielleicht hasse, aber dass *ihr zwei* euch offensichtlich nicht hasst.«

»Tja, nachdem du neulich Abend weg warst, sind wir im selben Bus nach Hause gefahren. Sie hat mich gebeten, ihr etwas Zeit zu geben. Also gebe ich ihr Zeit.«

»Vielleicht hättest du gar nicht erst abhauen sollen.«

»Hat sie irgendetwas zu dir gesagt? Als ihr zum Bus gelaufen seid?«

»Dir ist hoffentlich klar, wie groß meine Selbstverachtung ist, dass ich bei so was überhaupt mitmische. Also, nachdem du verduftet bist, habe ich sie zum Bus gebracht. Und sie hat die ganze Zeit über dich geredet. Es waren nicht nur nette Dinge, weil sie echt sauer war, aber sie konnte einfach nicht aufhören. Ich musste ihr versprechen, niemandem zu erzählen, was sie gesagt hat. Ich erinnere mich auch nicht an die Einzelheiten, aber ich bin ziemlich sicher, dass sie nicht gesagt hat, ich solle dir nicht sagen, *dass* sie über dich geredet hat. Nur nicht, *was* sie über dich gesagt hat.«

Er zieht die Augenbrauen zusammen, und seine Lippen sprechen meine letzten Worte nach. »Ich glaube, ich kann dir folgen.«

»Ich will jedenfalls keinen Tritt in die Eier riskieren. Das wäre ihr durchaus zuzutrauen.«

Er lächelt amüsiert. »Ich hätte nie gedacht, dass ich das mal sagen würde, aber danke, Victor.«

»Wenn ich jetzt antworten würde, ›Jederzeit‹, wäre das glatt gelogen.« Und damit verziehe ich mich, bevor das hier noch mehr zu einer Szene aus einem Kitschfilm ausartet.

Pam (Ingas Frau)

»Oh, Süße, du siehst ja schrecklich aus«, sage ich zu Inga, als ich am Dienstagabend von der Arbeit komme.

»Schönen Dank«, sagt sie schniefend und putzt sich die Nase.

»Du siehst schrecklich aus, und du klingst noch schrecklicher. Außerdem finde ich, dass Ehrlichkeit eine wichtige Rolle in unserer Beziehung spielt. Ich würde fast sagen, sie ist einer ihrer Grundpfeiler.«

»Bitte hör auf zu labern und koch mir Suppe«, sagt sie, die Stimme noch trauriger als das Gesicht.

»Aber natürlich.«

Als die Suppe fertig ist und sie mit einer Unmenge Decken

und Kissen auf dem Sofa thront, setze ich mich in den Lehnstuhl ihr gegenüber. Die Decken umgeben sie wie eine Festung, es hat also keinen Zweck zu versuchen, mich neben sie zu setzen.

»Uh. Ich dachte, es wäre Heuschnupfen, aber das ist es definitiv nicht.«

»Du solltest das Seminar morgen besser ausfallen lassen.«

»Nein!«

»Wenn du meinst …«

»Ich kann es nicht ausfallen lassen. Ich habe ihnen eine Aufgabe gestellt.«

»Welche Aufgabe?«

»Personenbeschreibung ohne Adjektive.«

»Oh, die große Herausforderung.«

»Es war höchste Zeit. Ich musste ihnen eine letzte Gelegenheit geben.« Sie hält inne, um sich die Nase zu putzen. »›Gelegenheit‹ ist schwer auszusprechen, wenn man eine verstopfte Nase hat.«

»Ich weiß, Süße«, sage ich verständnisvoll, obwohl ich keinerlei Erfahrung mit diesem speziellen Problem vorzuweisen habe.

»Wenn das nicht funktioniert, weiß ich wenigstens, dass ich alles versucht habe.«

»Das hast du. Du hast alles übertroffen, was je eine Person im Vollbesitz ihrer geistigen Kräfte für ein x-beliebiges Studentenpaar geleistet hat.«

»Hör auf, dich über mich lustig zu machen, nur weil ich an die Macht der Liebe glaube.«

»Ich mache mich doch nicht über dich lustig! Ich versuche

nur, dir zu bestätigen, dass es nichts gibt, was du noch tun kannst.«

»Ich hätte einen Wettbewerb im Seminar abhalten können …« Ihre Augen werden glasig, während ihre Phantasie mit ihr durchgeht. »Ich hätte sie paarweise arbeiten lassen, und der erste Preis wäre ein Essen in einem schicken Restaurant gewesen.«

Ich sehe sie zweifelnd an. »Gab es das nicht mal in einer Folge von *Glee?*«

»Nein. Vielleicht. Ich kann mich nicht erinnern, ich habe zu viele Medikamente genommen.«

»Ich mache dir einen Tee. Das hilft gegen Gedächtnisschwund.«

»Danke!«, ruft sie vom Sofa.

Als ich drei Minuten später zurückkomme, ist sie fest eingeschlafen und sabbert auf die Couch.

Maribel (Leas Mitbewohnerin)

»Maribel?«, flüstert Lea von ihrer Seite des Zimmers.

Ich reagiere nicht.

»Maribel«, sagt sie wieder, dieses Mal lauter.

Ich kneife die Augen zusammen und atme ganz flach.

»Maribel, vielleicht hätte ich lieber über meinen Dad oder meine Oma oder eins der Starbucks-Mädels schreiben sollen.«

Ich bin fast schon bewusstlos wegen des Sauerstoffmangels, als sie ein Kissen in meine Richtung wirft.

»Ich weiß, dass du wach bist.«

»Na schön«, sage ich und schleudere das Kissen zurück. »Aber warum müssen wir das noch mal diskutieren? Du kennst meine Meinung.«

»Was, wenn der Text schlecht ist? Was, wenn er sich nicht darüber freut? Was, wenn er sauer ist? Was, wenn er beschlossen hat, mich zu vergessen? Was, wenn ich kotzen muss, bevor ich den Text überhaupt vorlesen kann?«

»Lea. Du bist ein wunderbarer Mensch. Er sollte sich glücklich schätzen, dich zu kriegen. Aber niemand zwingt dich dazu, diesen Aufsatz über ihn vorzulesen. Du musst nichts tun, was du nicht willst«, erwidere ich.

Sie will etwas sagen, aber ich schneide ihr das Wort ab, weil ich weiß, was jetzt kommt.

»Hör auf, dich verrückt zu machen.«

»Wenn das so einfach wäre, hätte ich es längst getan, glaub mir.«

»Ich will dir ja glauben, aber es ist vier Uhr nachts, und wir haben dieses Gespräch in den letzten zwei Tagen mindestens ein Dutzend Mal geführt. Du schläfst jetzt, damit du morgen frisch und ausgeruht aussiehst, wenn du Gabe deinen Text vorliest.«

»Okay. Gute Nacht.«

»Nacht.«

Fünf Minuten lang ist es ruhig.

»Aber was soll ich anziehen?«, jammert sie dann in der Dunkelheit.

Sam (Gabes Bruder)

Gabe sitzt auf einer Bank und sieht ratlos und verloren aus. Allerdings ist das nichts Ungewöhnliches. Eigentlich sieht er meistens so aus.

»Hey, warum wolltest du mich sehen?«, frage ich.

»Ich brauche deinen Rat.«

»Aber natürlich«, sage ich und setze mich neben ihn. »Manchmal brauchst du eben den weisen Rat deines großen Bruders. Ich habe volles Verständnis.«

»Kannst du das lesen?«, fragt er und reicht mir ein Blatt Papier, ohne auf meinen Kommentar zu achten.

»Äh, klar.« Ich überfliege den Text. Er ist sehr kurz.

Gabe sieht mich erwartungsvoll an.

»Es geht um Lea?«

Er nickt.

»Der Text ist gut.«

»Nur gut?«

»Ja, na ja, ich meine, wofür hast du ihn geschrieben? Willst du ihr den einfach so in die Hand drücken?«

»Nein, ich werde ihn heute im Seminar vorlesen.«

»Wow«, sage ich. Und das meine ich wirklich. Ich lese die beiden Absätze noch einmal.

»Ist das zu peinlich?«

»Es hat Peinlichkeitspotential, aber wenn sie dich auch nur ein kleines bisschen mag, wirst du sie damit rumkriegen.« Ich schüttele den Kopf und lese den Text noch mal. »Ich finde, dass du das lesen wirst, ist … ehrlich gesagt, echt krass.«

»Ich habe Panik.«

»Das ist ein großes Ding. Das ist mutig. Ich wäre geschockt, wenn du keine Panik hättest.«

»Wenn ich vor Angst oder Scham sterben sollte, sag Mom, dass ich sie liebhabe.«

Er steht auf und geht.

»Viel Glück«, sage ich.

»Danke.«

Inga (Seminarleiterin Kreatives Schreiben)

Gabe sieht so nervös aus, wie ich mich fühle, was mich hoffen lässt, dass er den Köder geschluckt hat. Als er die Hand hebt, sobald ich das Seminar beginne, weiß ich, dass er wirklich angebissen hat.

»Gabe?«

»Kann ich als Erster lesen?«

»Natürlich! Ich freue mich über deinen Elan.«

Er lächelt schwach und holt tief Luft. Er geht nach vorne, und ich setze mich auf einen freien Platz an der Seite. Er hat in diesem Semester Fortschritte gemacht. Er trägt seine Texte immer sicherer vor. Er ist nicht mehr der Junge, der letzten Herbst hier vorne stand.

»Ähm, also …«, er räuspert sich und sieht mich an, und ich bin mir nicht sicher, ob der Blick »Hilfe!« oder »Das war eine schlechte Idee« bedeutet. »Es sind genau hundert Wörter.«

»Wunderbar. Leg los, wenn du so weit bist«, sage ich.

Er beißt sich auf die Unterlippe und kneift kurz die Augen zusammen, bevor er sie weit öffnet und direkt auf Lea richtet.

Immer, wenn ich sie sehe, bin ich sprachlos. Sie lässt mir keine Ruhe. Sie lächelt mich an, wenn ich ihr Lächeln brauche, obwohl ich ihr nie gesagt habe, dass ich es brauche. Ich mag es, wie sie aussieht, wenn sie nachdenkt. Ich mag es, wie sie mich ansieht, wenn ich nachdenke.

Sie unterhält sich mit Eichhörnchen, als wären sie ihre Freunde. Ich finde, es sagt viel über eine Person aus, wie sie mit Tieren umgeht. Es zeigt dir, wie sie dich behandelt, auch wenn du nichts sagen kannst. Dass sie mit dir redet, auch wenn du selbst nicht viel erwiderst.

Er ist so schnell fertig, dass ich gar nicht aufpassen kann, ob er nun Adjektive verwendet hat oder nicht, aber ganz ehrlich, das ist auch egal. Er hat seine Gefühle so aufrichtig in Worte gefasst, dass ich ihm gar nichts anderes als eine Eins geben kann. Und er hat Lea wirklich gut beschrieben.

Ich schaue sie an, und sie sitzt natürlich mit rotem Gesicht und breitem Lächeln da und rutscht auf ihrem Stuhl herum. Gabe sieht sie nicht an. Er legt das Blatt auf meinen Tisch und setzt sich wieder auf seinen Platz.

»Vielen Dank, Gabe«, sage ich. Er nickt und sieht aus, als stände er unter Schock.

»Also, wer möchte an dieses großartige Beispiel anschließen?«

»Ist ›sprachlos‹ nicht ein Adjektiv?«, fragt Hillary.

»Halt's Maul, Hillary«, murmelt Lea und nimmt mir die Worte aus dem Mund. »Ich möchte als Nächste lesen.«

Hillary sitzt mit offenem Mund und großen Augen da, während Lea aufsteht und nach vorne geht.

»Meine Beschreibung steht Gabes in nichts nach«, sagt sie und schaut ihn an. »Es sind ebenfalls genau hundert Wörter.«

»Ausgezeichnet.« Ich nicke ihr ermunternd zu. Ich spüre, dass Hillary irgendwo hinter mir kocht, aber ich widme Lea meine volle Aufmerksamkeit.

Er steht so da, als wollte er nicht, dass ihn jemand ansieht. Ich sehe ihn trotzdem an, weil er mir gefällt, und weil ich nicht anders kann. Wenn er nicht will, dass ich ihn ansehe, müsste er aufhören zu existieren. Ich muss ihn ansehen, weil ich nie wissen kann, ob er meinen Blick erwidert. Ich will sichergehen, dass ich vorbereitet bin.

Wenn ich den Moment verpasse, bekomme ich keine zweite Chance. Und wenn ich keine zweite Chance bekomme, dann wird er nie erfahren, dass ich ihn angesehen habe. Denn so ein Mensch ist er, ein Mensch, den du ansehen willst.

Ich kann es kaum erwarten, Pam zu erzählen, dass sie den Köder nicht nur geschluckt, sondern das Beste aus der Herausforderung gemacht haben. Ich bin unglaublich beeindruckt. Ich zeige Lea den hochgestreckten Daumen, als sie mir ihren Zettel reicht und zu ihrem Platz geht.

Ich nehme mir eine Sekunde, um Gabe anzusehen. Er sitzt vornübergebeugt an seinem Tisch und hat die Arme um den Oberkörper geschlungen, aber seine Mimik ist unbezahlbar.

Sein Lächeln sieht aus, als wollte es ihm gleich vom Gesicht springen, und er blinzelt und schüttelt den Kopf.

»Sehr schön. So weit, so gut. Der Nächste, bitte!«, sage ich.

Bank (auf dem Rasen)

Warum muss ich mir, sobald die Tage wärmer werden, jedes verdammte Privatgespräch dieser Welt anhören? Können die jungen Leute sich nicht mal im stillen Kämmerlein unterhalten?

Als dieser Hintern sich auf mir niederlässt, ahne ich schon, was mir blüht. Auch wenn es mein Lieblingshintern ist, der beste Allerwerteste, den ich kenne, spüre ich an seinem Gezappel, dass er auf jemanden wartet.

»Hi«, sagt da auch schon eine weibliche Stimme.

»Hi«, sagt der mit dem guten Hintern.

Sie schweigen eine ganze Weile.

»Darf ich mich setzen?«, fragt das Mädchen.

»Klar.« *Ich* werde nicht nach meiner Meinung gefragt.

»Also …«

»Dein Text hat mir gefallen.«

»Mir deiner auch.«

Noch mehr Schweigen.

»Es tut mir leid wegen neulich Abend«, sagt das Mädchen. »Ich muss die ganze Zeit daran denken. Ich wollte mir eigentlich etwas Besseres einfallen lassen, um mich zu entschuldigen. Wenn es nicht so demütigend gewesen wäre, hätte ich mich dazu vors ganze Seminar gestellt. Aber dann musste ich daran denken, was Hillary wohl dazu sagen würde. Ich wollte nur …«

»Hey, ist schon in Ordnung«, sagt er. »Mir tut es auch leid.«

»Es tut mir leid, dass ich so blöd war.«

»Quatsch. Ich war viel blöder.«

»Vielleicht versuchen wir beide einfach, von jetzt an weniger blöd zu sein. Ich gelobe hiermit feierlich, dafür zu sorgen, dass du weniger blöd bist«, sagt sie und hebt die Hand wie zum Eid.

»Nur fürs Protokoll, ich werde voraussichtlich trotzdem manchmal blöd sein. Ich kann dir nicht versprechen, dass du so einen positiven Einfluss auf mich haben wirst, wie du hoffst.«

»Weißt du, ich halte dich nicht wirklich für blöd.«

»Okay, wie wäre es damit«, sagt er und zögert einen Moment. »Ein Kompromiss. Manchmal *verhalte* ich mich blöd.«

»Klar. Aber jeder verhält sich manchmal blöd. Findest du nicht, dass ich blöd war, als ich dir vorgeworfen habe, dass du mit Hillary geredet hast?«

»Keine Ahnung. Ich fand das irgendwie süß.«

»Das sagst du jetzt, aber ich garantiere dir, es war blöd.«

»Dieses Gespräch ist auch ziemlich blöd.«

»Ein bisschen, ja.«

»Ich glaube, wir überstrapazieren das Wort ›blöd‹. Wir sollten es auf die Tabu-Liste setzen, gleich unter ›Kram‹.«

Sie lacht. »Ach, ist schon in Ordnung. Ab und zu kann eine blöde Unterhaltung nicht schaden. So … zur Übung.«

»Warum, haben wir bald eine große Prüfung in Konversation?«

Sie rutscht ein Stück nach oben, um aufrechter zu sitzen, und er tut es ihr nach. Ich glaube, sie sehen sich jetzt lange an. Wenigstens hab ich ein paar Minuten meine Ruhe.

»Hör auf, mein Ohr anzustarren«, sagt er.

»Ich starre dein Ohr nicht an.«

»Doch, tust du.«

»Na ja, jetzt schon«, sagt sie. »Man sieht es gar nicht.«

»Es ist ja auch echt klein«, sagt er.

»Und es hilft?«, fragt sie. Sie rückt näher an ihn heran, als hätte sie nur auf einen Vorwand gewartet.

Er rückt ebenfalls an sie heran, bis sich ihre Beine berühren. »Der Arzt war nicht sicher, ob es das richtige Gerät für mich ist, aber ich glaube, es ist ein Volltreffer.«

»Sieht ganz so aus.« Ihre Stimme ist jetzt so leise, dass ich sie nicht hören könnte, wenn sie nicht genau auf mir säßen. »Ich mag dich. Das weißt du, oder?«

»Hm, dein Aufsatz hat mich auf die Fährte gebracht …«

»Das hatte ich gehofft.«

»Ich auch, ich meine, ich mag dich auch.«

»Musst du noch irgendwo hin?«

»Nirgends.«

Mit diesen Worten versinken sie ineinander, und ich ahne schon, dass ich sie noch eine Weile ertragen muss.

Na, es gibt wohl schlimmere Pärchen als die beiden.

Maxine (Kellnerin bei Charlie's Diner)

Als sie hereinkommen, merke ich sofort, dass etwas anders ist. Sie sind viel entspannter, alle Sorgen sind wie weggespült. Abgesehen davon, dass sie tatsächlich gemeinsam kommen, gleichzeitig, und er ihr die Tür aufhält, ganz der Kavalier, für den ich ihn gehalten habe.

»Sucht euch einen Tisch aus«, sage ich zu ihnen. Es ist nicht viel los. Das Semester ist beinahe rum, und eins der jungen Dinger hat sich heute früh krank gemeldet, deshalb bin ich ganz allein. Aber das macht mir nichts aus, schon gar nicht, wenn ich mein Lieblingspärchen zu Gesicht bekomme.

»Wie geht es Ihnen?«, fragt sie und blickt zu mir auf.

»Vorzüglich«, antworte ich. »Und wie geht es euch beiden heute Abend?«

»Ich kann nur für mich sprechen, aber ich bin am Verhungern«, sagt sie.

»Ich auch«, pflichtet er ihr bei.

»Was habt ihr denn heute gemacht?«, frage ich. Ich weiß, ich bin neugierig.

»Wir haben den Zug in die Stadt genommen und sind den ganzen Tag herumspaziert.«

»Es war ziemlich perfekt«, ergänzt sie.

»Klingt, als hättet ihr einen schönen Tag gehabt«, sage ich. Sie nicken und lächeln.

»Braucht ihr noch eine Minute mit der Bestellung?«

»Ja, bitte«, sagt sie.

»Meldet euch, wenn ihr so weit seid.«

Ich gehe hinter die Theke und fülle die Salzstreuer auf. Dabei achte ich darauf, in Hörweite zu bleiben. Ich kann von den beiden einfach nicht genug kriegen.

»He, Lea«, sagt er.

»Hmm? Ich kann mich nicht entscheiden, ob ich ein gegrilltes Käsesandwich oder ein Omelett nehmen soll.«

»Schau mal kurz hoch«, sagt er.

Sie tut es.

»Das wollte ich schon den ganzen Tag tun.« Er beugt sich über den Tisch und gibt ihr einen Kuss auf den Mund.

»Das war eine gute Idee«, murmelt sie.

Ach, diese beiden Schnuckelchen geben mir wirklich den Rest.

Eichhörnchen!

Der Junge und das Mädchen sind wieder da. Zusammen! Ich flitze auf sie zu, um mich ihnen zu Füßen zu werfen. Sie haben mir bestimmt etwas Leckeres mitgebracht.

Sie sitzen auf meiner Lieblingsbank, er hat seinen Arm um sie gelegt, ihre Köpfe sind dicht beieinander, und sie reden.

»Okay, du willst also die Eckdaten«, sagt sie und verhakt ihre Hand mit seiner.

»Genau. Ich habe das Gefühl, dass ich nichts über dich weiß.

Ich weiß viele Kleinigkeiten, aber wenige Fakten. So was wie Eltern, Geschwister, Geburtstag, Lieblingseis.«

»Alles uninteressant. Eltern geschieden, ich bin meistens bei meinem Dad, weil meine Mutter wieder geheiratet und noch zwei Kinder bekommen hat, die sie leidenschaftlicher erzieht, als sie es bei mir je getan hat …« Sie unterbricht sich. »Nicht, dass ich deshalb verbittert wäre.«

»Blöd«, sagt er. Ich mag es, wie er ihre Haare um seinen Finger zwirbelt. Ich wünschte, jemand würde so liebevoll mit meinem Fell spielen.

Sie zuckt die Schultern. »So langsam komme ich damit klar.«

»Wie kommt man mit so was klar?«

»Das ist eher Gesprächsstoff fürs vierte Date«, sagt sie. »Ich mache jetzt mit der nächsten Frage weiter. Geburtstag, vierter Juni.«

»Das ist bald«, sagt er. »Ich werde es in den Kalender eintragen.«

»Lieblingseis dürfte Stracciatella-Minze sein.«

»Du bekommst einen ganzen Kübel voll zum Geburtstag …«

Sie kichert und schmiegt sich an ihn.

Ich beschließe, sie nicht zu stören. Ich habe genug zu futtern.

Frank (Lieferbote vom China-Imbiss)

Nur noch zwei Abende, bis das Semester rum ist, und ich muss mal wieder eine Bestellung ins Studentenwohnheim liefern. Ich sollte eigentlich zu Hause für meine Physikklausur lernen, aber ich kann das Geld wirklich gebrauchen. Vielleicht sollte ich jemanden bitten, mir im Auto meine Notizen vorzulesen.

Als ich mit der Bestellung vor dem Gebäude ankomme, sitzen der Typ und das Mädel, die ich immer für ein Paar gehalten habe, draußen auf einer Bank.

»Das ist für uns«, ruft das Mädchen.

»Hey, ihr habt endlich auf mich gehört und gemeinsam bestellt!«

Sie lachen.

»Ich hatte gehofft, dass das passieren würde.«

»Da bist du nicht der Einzige«, sagt der Typ.

Sie geben mir ein dickes Trinkgeld.

Danny (guter Freund von Lea)

Ich stürme zu Leas Zimmer, weil ich endlich erfahren muss, was zum Teufel da zwischen ihr und Gabe abgeht. Seit unserem Gespräch bei Starbucks letzte Woche habe ich nichts mehr von ihr gehört, und ich brauche dringend ein Update.

Ich kann mich kaum noch aufs Lernen für die Abschlussprüfungen konzentrieren.

Ich komme auf ihren Flur. Ihre Tür ist angelehnt. Hervorragend, das heißt, dass sie da ist und ich sie in den Schwitzkasten nehmen und die Informationen herauskitzeln kann.

Ich stoße die Tür weit auf.

»Azalea Fong«, sage ich mit tiefernster Stimme.

Als Erstes fällt mein Blick auf die Verpackungen vom China-Imbiss auf der Kommode. Dann auf den Fernseher, wo, glaube ich, eine Folge *Buffy* läuft.

Ups, und da liegen zwei Leute ganz ineinander verschlungen in einem Nest aus Kissen und Decken auf dem Boden.

Ich kreische, halte mir die Augen zu und drehe mich um, um die Flucht zu ergreifen.

»Danny?«, ruft Lea und setzt sich auf.

Gabe setzt sich ebenfalls auf.

Ein Glück. Beide sind vollständig bekleidet.

»Es tut mir so leid«, sage ich.

»Schon okay«, sagt Lea und rappelt sich hoch. Gabe folgt ihr, allerdings bleibt er in sicherem Abstand stehen und weicht meinem Blick aus. Sie nimmt seinen Arm und zieht ihn hinter sich hervor.

»Gabe, das ist Danny.«

Ich beuge mich vor, um seine Hand zu schütteln.

»Freut mich«, sagt Gabe.

»Wir haben uns schon ein paarmal gesehen. Du hast auf dem gleichen Flur wie meine Freundin Maureen gewohnt.«

»Hattest du mal blonde Haare?«, fragt Gabe und mustert aufmerksam mein Gesicht.

»Das war eine Phase.«

»Ach, ja! Ich habe dich nach deiner Jeans gefragt, weil meine Mutter mich immer damit nervt, welche Jeansmarke ich haben will. Mir ist das so was von egal. Aber ihr anscheinend nicht.«

Jetzt ergibt alles einen Sinn.

»Ähm, dann lasse ich euch mal mit eurem Date weitermachen …«

»Danke, Danny«, sagt Lea und umarmt mich. »Ich melde mich bald, versprochen.«

»Hoch und heilig?«

Sie verdreht die Augen, aber sie legt ihre Hand aufs Herz.

Ich schließe die Tür hinter mir, damit keine weiteren Eindringlinge sie stören können.

Puh, das war peinlich.

Aber mein Gott, sind die süß.

Danksagung

Ich habe das Gefühl, dass diese Danksagung etwas ausarten könnte, also beginne ich ganz am Anfang mit Jean Feiwel. Ohne ihre brillante Idee, das Prinzip von *The X Factor* aufs Jugendbuch anzuwenden, hätte es dieses Buch nicht gegeben. Ich bin dankbar für alles, was sie für mich getan hat.

Ein riesiges Dankeschön an meine Lektorin, Holly West, deren Hilfe und Geduld während der Vorarbeiten zur Veröffentlichung einfach der Wahnsinn waren. Ohne ihre Vorschläge wäre dieser Roman nur halb so gut geworden. Außerdem danke ich Molly Brouillette, Allison Verost und Kathryn Little für eine Menge Dinge auf dem Weg zum Buch. Und ich danke der Swoon-Reads-Community für die Lektüre, Bewertung und Kritik.

Schiffsladungen des Danks an meine Freunde und Kollegen in der Morristown und Morris Township Library für ihre Flexibilität und Unterstützung: Maria Norton, Chad Leinaweaver, Arlene Sprague, Kelly Simms, Virginia Lee und ganz besonders Anne Ryan Dello Russo. Auch an Jim Collins, der sich jede absurde Buchidee angehört hat, die ich in den letzten vier Jahren hatte. Irgendwann werde ich die Zombie-Meerjungfrauen-Saga doch noch schreiben.

Endlosen Dank an die Online-Gemeinde: an Kandra Rivers

für die Lektüre des ersten Entwurfs und die Ermutigung, an Hanna Nowinski, weil sie auch nach meiner fünftausendsten Mail über den perfekten »Ah«-Moment nicht meine E-Mail-Adresse blockiert hat, und an Adi Lubotzki für ihre verblüffende Antwort auf die Frage »Welche Art Liebesroman würdest du gerne lesen?« Und an alle meine Freunde und Follower bei Tumblr – ihr habt mir überhaupt erst den Mut gegeben, meine Texte zu veröffentlichen.

Ich stehe ewig in der Schuld von Lauren Velella, die jedes Mal, wenn ich sage, »Hey, ich hab wieder was Blödes geschrieben, willst du's lesen?«, antwortet: »Immer!« An Michelle Petrasek, weil sie eine bombastische Leserin, Verlegerin, Glücksspielkollegin und IHOP-Begeisterte ist. An Chrissy George, weil sie meine Beta-Leserin Nummer eins ist und meine liebste Shopping-Begleitung. Und ein schneller Dankesruf an die FRLK-Mädels – Kate Vasilik, Katie Nellen, Chelsea Reichert und Melanie Moffitt – fürs Zuhören und dafür, dass sie mich mittels einer Telefon- und einer ISB-Nummer zum Weinen gebracht haben.

Großen Dank und ganz viel Liebe an meine Brüder und meine Schwester: Karen, Scott und Sean. Ein bisschen von euch schleicht sich in jede meiner Geschichten ein. Ihr beeinflusst mich mehr, als ihr euch vorstellen könnt. Außerdem danke an Bill, Billy, Zak, Sandra, Brianna und Kathleen, dass sie ein Teil der Familie sind.

Ewiger Dank an meine Mom, Pat, aus einer Million Gründen, bei weitem zu viele, um sie hier aufzuzählen. Ich entschuldige mich für die bösen Ausdrücke. Und schließlich an meinen Dad, Wayne, der mir jeden Tag fehlt. Ich stelle mir gerne vor, dass er als Reaktion auf dieses Buch gesagt hätte: »Toll gemacht, Sandra Jean!« Und dann hätte er mir einen Kuchen spendiert.